KB046572

들리지 않는

어머니에게

물어보러 가다

『聴こえない母に訊きにいく』

（五十嵐大）

KIKOENAI HAHA NI KIKINI IKU

Copyright ⓒ 2023 by Dai Igarashi

Original Japanese edition published by KASHIWASHOBO Publishing Co., Ltd., Tokyo, Japan

Korean edition published by arrangement with KASHIWASHOBO Publishing Co., Ltd.

through Japan Creative Agency Inc., Tokyo and Eric Yang Agency, Seoul.

이 책의 한국어판 저작권은 에릭양 에이전시를 통한 저작권사와의

독점 계약으로 (주)사계절출판사에 있습니다. 저작권법에 의해

한국 내에서 보호를 받는 저작물이므로 무단 전재와 복제를 금합니다.

聴こえない母に訊きにいく

들리지 않는

어머니에게

물어보러 가다

이가라시 다이 지음

노수경 옮김

사ㅁㅁ계절

일러두기

1 이 책은 가시와쇼보 주식회사가 운영하는 공식 note 가시와모치(http://note.com/ kashiwashobo/)에 2021년 7월부터 2022년 6월에 걸쳐 발표된 '들리지 않는 어머니에게 물어보러 가다'를 기초로 추가 취재를 하여 새로 쓴 것이다.
2 본문 하단에 * 표시와 함께 더한 내용은 모두 옮긴이 주이다.

어머니에게 줄곧 물어보고 싶은 것이 있었다.

나는 들리는 아이였지만, 사실은 어땠으면 했어?

들리는 아이와 들리지 않는 아이, 어느 쪽을 원했어?

프롤로그

모든 일을 자세하게 밝혀야만 공정하고 중립적이라고들 하는
세상이다. 하지만 나는 그렇게 생각하지 않는다. 이 세상에는
밝히지 않아도 되는 것, 몰라도 되는 것이 있다.

친구의 거짓말, 파트너의 과거, 가족의 상흔……. 아는
것만으로도 아픔이 되는 것들이다. 그래도 '이 정도는 꼭
알아야 하지 않나'라고 개인적으로 생각하는 부분이 있다.
바로 나의 어머니 사에코의 과거다.

어머니는 귀가 들리지 않는다. 태어날 때부터 들리지
않았다. 선천적 농인聾人*이다. 어머니는 농학교 시절,
마찬가지로 귀가 들리지 않는 고지를 만났고 그와 결혼했다.
그 뒤 내가 태어났다. 들리지 않는 부모와 들리는 아들
사이에는 그 나름의 힘든 일들이 있었지만 그럼에도 나는
평범한 인생을 살아올 수 있었다. 나는 그렇게 생각한다.

사춘기 시절의 나는 아주 대단했다. 귀가 들리지 않는
부모를 가졌다는 것이 콤플렉스였다. 그런 부모가 항상
부끄러웠다. 이런 감정을 그냥 그대로 부모에게 쏟아냈다.
특히 어머니에게 그랬다. 내가 얼마나 많이 "장애인 부모
같은 거 정말 싫다"라는 말을 했는지……. 그런다고 내 현실이

---

* 언어 획득 이전에 중증의 청각장애가 있어 음성언어를
자연스럽게 습득할 수 없었던 사람, 그 가운데서도
수화언어手話言語(수어手語)를 모어로 하는 사람을
가리킨다. 원문에는 '농자ろう者'라고 표기되어 있다.
과거에는 한국에서도 농자聾者라는 표현을 사용했지만, 이
책에서는 최근의 표기에 따라 '농인'이라고 옮겼다. 참고로
법률적으로는 청각장애인(대부분의 법률), 농인(한국수화언어법),
농아자聾啞者(형법, 형사소송법)라고 한다.

달라지지도 않고 내가 겪는 괴로움이 덜어지지도 않는데
말이다. 그럼에도 내 감정을 분출하지 않고는 도저히 견딜
수가 없었다. 그럴 때마다 어머니는 내게 이렇게 말했다.

"들리지 않는 엄마라서 미안해."

어머니는 절대 약한 소리를 하는 사람이 아니었다. 장애를
이유로 하나뿐인 아들에게 아무리 부정을 당해도 "내가
잘못했으니까"라면서 받아들였다. 그러고는 눈꼬리를 내리며
웃어 보였다. 내 흥분이 가라앉기를 기다렸다가 "자, 그럼
이제 저녁 먹을까"라면서 자리에서 일어나곤 했다. 그때는
그런 어머니의 뒷모습을 보면서도 그 어깨가 무엇을 짊어지고
있는지 나로서는 헤아릴 도리가 없었다.

어머니의 삶에 커다란 시련은 없었으리라 생각했다.
어머니의 장애에 대해서도 그렇게 생각했다. 나만 다른
사람들의 배 이상 불편해했을 뿐 정작 어머니 자신은 그딴 것
아무것도 아니라 여기며 살아왔을지도 모른다고. 실제로도
어머니는 가정을 꾸리고 평범하게 살아오지 않았던가. 어른이
되고서야 참 철없는 생각이었구나 싶었다.

내가 20대 중반쯤이었을 때, 아버지가 지주막하출혈로
쓰러져서 급히 집으로 내려간 적이 있다. 다행히도 긴급
수술은 성공적으로 끝났다. 후유증도 남지 않을 거라 했다.
그래도 퇴원할 때까지는 무슨 일이 일어날지 몰라 안심할 수
없었다. 미야기현에 있는 부모님 집에는 귀가 들리지 않는

어머니와 인지저하증이 조금씩 진행 중이던 할머니 두 사람만 있었으니까. 어머니와 할머니를 미야기 집에 남겨두고 도쿄로 돌아가자니 걱정이 되었다. 그래서 적어도 아버지가 퇴원할 때까지는 집에 있어야겠다고 마음먹었다.

그러던 어느 날이었다. 아버지의 수술이 성공적으로 끝나고 며칠 뒤였다. 할머니가 문득 멍한 표정으로 이야기를 시작했다.

"너희 엄마랑 아빠, 젊었을 때 둘이서 집에서 도망 나간 적이 있어."

처음 듣는 이야기였다. 항상 소극적인 편이었던 어머니가 그렇게 대담한 일을 벌이다니 믿을 수가 없었다. 할머니는 깜짝 놀란 나는 본 척도 하지 않고 계속해서 이야기를 했다. 일단 이야기를 시작하고 나니 멈출 수 없었던 것일까? 제정신이 아닌 탓이었을까? 할머니는 점점 더 말이 많아졌다. 나는 할머니의 '옛날이야기'에 제법 충격을 받았다.

할머니가 어머니와 아버지의 결혼을 반대했다는 것.

둘이 함께 집을 나간 사건을 계기로 겨우 결혼을 인정받았다는 것.

장애아가 태어나면 곤란하다는 이유로 어머니의 출산에 반대했다는 것.

그럼에도 아이를 가지고 싶어 하는 어머니가 안되어 보여서 결혼한 지 10년이 지난 뒤에는 아이를 가져도 된다고 했다는 것.

그렇게 태어난 나에게 장애가 없어서 가족 모두가

안도했다는 것.

  할머니와 어머니 사이에 있었던 '이야기', 그 파편을 하나씩
곱씹어볼 때마다 머릿속이 시끄러웠다. 그 이야기 속에는
분명히 '차별의 편린들'이 있었기 때문이다.

  동시에 어머니의 웃는 얼굴이 아른거렸다. 언제나 방글방글
웃고 있는 어머니와, 할머니의 이야기 속에 나오는 어머니가
같은 사람으로 여겨지지 않았다.

  할머니의 이야기는 도대체 어디까지가 진실일까? 그것을
확인해볼 용기는 없었다. 직접 어머니에게 물어볼 수도
있었지만 그렇게 한다면 어머니의 마음속 상처에서 딱지를
억지로 뜯어내는 짓이 될 것 같았다. 내가 그렇게 하면
어머니는 분명 상처 입을 것이다.

  세상에는 몰라도 좋은 일들이 많다. 나는 할머니의 이야기를
가슴속에 묻어두고 이제까지 살아오던 대로 어머니를
대하기로 마음먹었다.

  그러나 결국 나는 할머니에게 들은 이야기를 『망한
가족』*이라는 에세이에 적었다. 나의 가족 관계에 대해 쓴
책이다 보니 아무래도 감출 수가 없었다. 물론 에세이에는
써야 할 내용도 있고 써서는 안 되는 내용도 있다는 걸 알지만,
할머니가 알려준 어머니의 과거는 내가 '가족'을 이야기할 때
피해 갈 수 없는 부분이었다.

  그 책에 이어서 어머니와의 관계에 초점을 맞춘 『농인

* 저자의 첫 번째 에세이로 전직 야쿠자였으며 어린 시절
저자와 사사건건 대립하던 할아버지의 죽음을 통해 가족 관계를
다시금 살펴보는 책이다.

부모에게서 태어난 내가 들리는 세상과 들리지 않는 세상을 오가며 생각한 30가지』**라는 에세이를 썼다. 이 책에는 사춘기 시절 어머니를 힘들게 한 것에 사죄하는 마음과 어머니와의 관계를 회복하고 싶은 나의 바람이 들어 있다.

어느 날, 이 책을 읽은 가시와쇼보의 편집자 아마노 준페이 씨가 내게 연락을 주었다. "한번 만나서 이야기를 하고 싶다"라고 했다. 만난 자리에서 아마노 씨는 내게 이렇게 말했다.

"혹시 괜찮으시면 이가라시 씨 어머니의 과거에 관해 써보지 않겠습니까?"

그 말을 한 뒤에 그는 "혹시 기분을 언짢게 했다면 죄송합니다"라고 덧붙였다. 분명 안이하게 제안할 수 있는 내용은 아닐 것이다. 하지만 그 제안을 받은 후 내 가슴속에는 어떤 확고한 마음이 자리 잡았다.

어머니에 관한 글을 쓰고 싶다.

여기서 '쓰고 싶다'는 '알고 싶다'와 같은 뜻이었다. 이제 어른이 된 내 안에서 어머니의 과거는 '몰라도 되는 것'이 아니라 '꼭 알아야 하는 것'으로 변했다.

농인으로 태어난 한 여성이 1950년대부터 1980년대에

** 저자의 두 번째 에세이로 코다CODA로 태어나 성장하는 과정에서 경험한 갈등과 분노에 관한 내용이다. 코다는 'Children of Deaf Adults'의 약자로 청각장애가 있는 부모에게서 태어난 청인聽人 자녀를 뜻한다. 코다가 수어를 익히면 가정에서 통역사 역할을 하며 부모와 세상을 연결하는 징검다리이자 실질적 가장이 되는 경우가 많다. 나이에 비해 성숙한 면모를 요구받다 보니 정체성 혼란을 겪기도 하는데, 한국의 '코다코리아'와 같이 모임이나 단체를 만들어 그런 경험을 공유하는 코다들이 많아지고 있다.

이르는 시기를 어떻게 살아왔을까? 그 시절은 장애인에 대한 차별과 편견뿐만 아니라, 장애인의 출생 자체를 막던 '우생보호법'(1948~1996년)이라는 악법도 존재하던 때이다. 어머니는 어떻게 결혼도 하고 출산도 할 수 있었을까? 알고 싶다. 아니, 알아야 한다. 반드시 어머니의 말을 통해서 말이다.

물론 어머니의 과거를 억지로 열어서 보려는 행위는 매우 폭력적이다. 아무리 내가 어머니의 자식이라고 해도 멋대로 억지로 열어서 들여다봐도 되는 것은 아니니까. 장본인인 어머니가 거부한다면 내가 더 이상 할 수 있는 일은 없다. 그럼에도 불구하고 나는 어머니가 이야기해줄 거라고 믿었다.

"어머니에 관해서 쓰고 싶어요. 아니, 알고 싶어요."

내가 제안을 받아들이자 아마노 씨는 이어서 말했다.

"이가라시 씨, 그럼 어머니의 '진실'을 일단 적어봅시다. 이제까지 경험한 것, 느낀 것을 먼저 적어보는 거예요."

어머니의 '진실'이라니. 그건 도대체 무엇일까. 전혀 감이 오지 않았다. 나는 그것을 '들리지 않는 어머니에게 물어보기'로 결심했다.

주요 등장인물 소개

사에코(사에 짱) 저자의 어머니(1954~)

고지(고지 군) 저자의 아버지(1954~)

다이(다이 짱, 이가라시 씨) 저자 이가라시 다이(1983~)

사치코(삿 짱) 사에코의 언니, 저자의 이모(1949~)

유미 사에코의 언니, 저자의 이모(1952~)

나에코 사에코의 어머니, 저자의 할머니(1920~2015)

긴조 사에코의 아버지, 저자의 할아버지(1922~2010)

이 책에는 어머니를 비롯한 여러 농인이 등장합니다. 여기서 농인이란
수어*를 모어로 하여 농農문화 속에서 살아가는 사람들을 가리킵니다.
수어를 사용해 나눈 대화는〈 〉로, 청인과 음성 일본어를 사용해 나눈
대화는" "로 표시합니다. 일부 인물은 가명입니다. 당시의 시대 배경과
가치관을 정확하게 이해하기 위해 이 책에서는 당사자의 이야기를
가능한 한 그대로 옮기려 합니다. 이해해주시기 바랍니다.

* 최근 한국에서는 '수화手話'보다는 한국어, 일본어 등과
동등한 언어임을 표시하는 '수어'라는 표현을 많이 사용한다.
2016년 2월 3일 '한국수화언어법'이 제정되면서 한국 농인들이
사용하는 언어는 '한국수화언어', 줄여서 '한국수어'라고 부른다.
이 책에서도 기본적으로 '수화' 대신 '수어'라는 번역어를 택했다.
그러나 일본어로는 여전히 '수화'라는 표현이 사용되기 때문에
일본의 법률이나 제도를 설명할 때는 '수화'라고 표기했다.

1장

사에코는 전직 야쿠자였던 아버지 긴조와 다정하지만 어딘가
미덥지 못한 어머니 나에코 사이에서 막내로 태어났다.
위로는 두 명의 언니가 있었다. 관대하지만 모든 일을 대충
적당히 넘기는 큰언니 사치코와 항상 바지런히 주위를
돌아보고 배려하는 작은언니 유미.

　실은 두 언니 위로 오빠 미쓰히로가 있다. 하지만
미쓰히로는 나에코가 전남편과의 사이에서 낳은 아이였기
때문에 사에코가 철이 들 무렵에는 집을 떠나 혼자 살았다고
한다. 조금 복잡한 사정이 있는 가족들 사이에서 막내딸로
태어난 사에코는 귀여움을 많이 받고 자랐다.

　내 눈에 비친 세 자매는 매우 사이가 좋았다. 물론 때로는
충돌하기도 했다. 이모와 어머니가 몹시 사나운 얼굴이
되어 싸우는 모습을 몇 번이나 봤다. 그럼에도 피로 이어진
자매라서 그랬을까. 신기하게도 언제 그랬느냐는 듯이 금세
사이좋게 센베이* 따위를 나눠 먹는 것이 아닌가! 외아들인
내게는 그런 관계가 너무나 신기하고 부러웠다. 아마
그들에게는 서로가 세상에서 가장 믿을 수 있는 존재이리라.

　할아버지 긴조에 관해 말하자면, 아무튼 몹시 무서운
사람이었다. 왼쪽 팔에는 커다란 뱀을 휘감은 마귀할멈 문신이
있었다. 긴조와 함께 대중목욕탕이나 온천에라도 가면, 그와
마주한 다른 손님들이 갓 태어난 새끼 거미들처럼 어디론가
바쁘게 사라지는 모습을 볼 수 있었다. 나는 이 모습이 너무
재미있어서 한번은 사치코에게 가서 이야기를 했다. 그러자

---

　*　떡 반죽을 구워 만든 일본의 전통 간식. 남녀노소가
　　일상적으로 즐긴다.

사치코는 〈할아버지는 야쿠자라서 정말 무섭거든. 절대
화나게 하지 마〉라며 내게 다짐을 받아내는 것이었다.

사실 나는 사춘기 무렵 긴조와 매우 심하게 싸운 적이
있다. 무슨 일 때문이었는지 기억나지 않는 걸 보면 분명 매우
사소한 일이었을 것이다. 반항기에 접어든 내가 잘못했다고
사과하지 않으면, 긴조는 부엌에서 칼을 들고 나오기도 했고
내게 물건을 집어던지기도 했다. 그런데 이런 일이 그리
드물지 않았다. 성미가 급하고 매사에 굽힐 줄 모르던 긴조.
그는 금방 싸움을 벌였다. 그런 사람이었다.

그래도 만년의 긴조는 근처에 사는 노인들과 함께 게이트볼
팀을 만들기도 했다. 심지어 사람들이 잘 따라서 팀 리더까지
할 정도였다. 게이트볼 연습 모임이라도 있는 날이면 긴조는
아무리 더운 한여름에도 긴소매 셔츠를 입었다. 어쩌면 이건
같은 팀 멤버들에 대한 긴조 나름의 배려였을지도 모르겠다.

한편, 할머니 나에코는 아무튼 다정한 사람이었다.
사치코와 유미는 어린 나에게 "다이 짱은 정말 할머니를 잘
따르는구나"라고 했다. 할아버지 긴조가 무서웠으니 아마도
자연스럽게 나에코에게 다가가지 않았을까.

나에코는 종교*에 열성적이었다. 나에코가 왜 신앙의
길을 걷게 되었는지는 모르겠다. 젊은 시절 긴조는 폭력을
휘두르고 밖으로 나돌며 다른 여자들을 만났다고 한다. 그런

---

　* 일본에서 누군가 '종교에 열심이다'라고 말할 때는 보통
부정적인 뉘앙스를 띤다. 여러 사회문제를 일으킨 신흥 종교들
때문인지 일본에서 '종교'의 이미지는 '위험한 것'이 되었다.
그래서일까, 저자도 할머니 나에코의 종교 생활을 구체적으로
표현하지 않았다.

남편에게 질려 결과적으로 신에게 매달리게 되었는지도 모르겠다.

나에코가 종교 생활을 하게 된 이유는 알 수 없지만, 신앙심이 더 강고해진 이유는 이해할 수 있었다. 사에코의 귀가 들리지 않았으니까. 그 때문이었다.

"하지만 말이야, 기도를 하면 사에 짱의 귀도 언젠가는 나을 거야. 이것 봐. 지금도 조금씩 들리게 되었잖아? 옛날엔 정말 하나도 안 들려서 몇 번을 불러도 몰랐다니깐."

언젠가는 나을 거야.

어린 나에게 할머니는 항상 이렇게 반복해서 말하곤 했다. 정말로 어머니는 수어를 사용하지 않고 할머니와 소통했다. 하지만 할머니의 기도 덕분에 어머니의 귀가 들리게 되어 소통이 가능했던 것은 아니다. 어머니가 할머니의 입을 보고 그 움직임을 읽어서 대화의 내용을 추측하려 계속해서 노력했기 때문이다. 이는 신의 가호가 아니었다. 그저 어머니가 스스로 체득한 처세술이었다.

하지만 그런 어머니를 보고 할머니가 "조금씩 들을 수 있게 되었다"라고 느낀 것도 무리는 아니리라. 그것이 할머니의 가장 큰 소원이었으니까.

만년에 할머니는 거의 누워서 지냈다. 젊은 시절 발랄하게 수다를 떨던 모습도 더 이상 찾아볼 수 없게 되었다. 말을 할 때도 입을 아주 작게 열고 중얼거리듯 말했다. 그러자 이제 어머니도 어찌할 도리가 없었다. 할머니가 무슨 말을 하는지 알 수 없게 된 것이다.

　의료용 침대에서 잠든 할머니와 그 옆에 있는 어머니. 둘의
이야기가 어긋나는 모습을 나는 몇 번이나 보았다.

　할머니의 소원은 마지막까지 이루어지지 않았다.

시오가마에서 태어나다

어머니와 어머니의 가족에 관해 내가 알고 있는 것은
생각보다 적었다. 돌이켜보면 어머니는 옛날이야기를 그다지
하지 않는 사람이었다.

　어쩌면, 아이에게는 말하고 싶지 않은 일이 많았는지도
모르겠다. 그래도 나는 이제 어엿한 성인이다. 어떤 일이든
받아들일 수 있고 받아들이고 싶다. 어머니가 혼자 품고 있는
짐이 있다면 아주 작은 일부라도 내가 들어주고 싶다.

　그래서 어머니에게 물으러 가는 것이다.

　2021년 초여름, 이렇게 고향집과 도쿄 사이를 왕복하는
나날이 시작되었다.

　어머니가 사는 곳은 미야기현 시오가마시라는 항구
도시이다. 도쿄역에서 도호쿠신칸센을 타고 먼저 도호쿠 최대
도시인 센다이시로 간다. 여기에서 재래선으로 바꿔 타고
30분가량 흔들리는 전철에 몸을 맡기면 시오가마에 도착한다.
나는 스무 살이 지나 도쿄로 가기 전까지 이곳 시오가마에서

어머니와 살았다.

시오가마는 항구 도시이므로 어업과 수산 가공업이
번성했다. 초등학생 때는 선생님을 따라 어묵 공장에 견학을
간 적도 있고 항구에서 신나게 미역을 채취한 적도 있다. 또
시내에는 커다란 어시장이 있었는데, 거기에는 온갖 해산물이
가득했다. 모든 것이 신선하고 값도 쌌다. 그뿐이 아니었다.
시내 슈퍼마켓에 진열되는 어패류는 전부 싸고 맛있었다.
상경한 지 얼마 되지 않았을 때 도쿄의 슈퍼마켓에서 파는
생선 가격을 보고 너무 비싸 놀란 적이 있다. 시오가마는
정말로 바다의 축복을 받은 곳이었다.

시오가마의 역사는 1889년으로 거슬러 올라간다. 1889년
2월, 미야기현에 시오가마정이 생겼다. 그 뒤로 1915년부터
1933년에 걸쳐 이루어진 제1기 공사로 시오가마를 '바다의
도시'로 만든 항구 시오가마항이 들어섰다.

1922년에 생긴 미야기 전철은 1928년에는 센다이에서
이시노마키까지 뻗어갔다. 시오가마는 이 노선의 거의
중간 지점에 위치했다. 이 미야기 전철은 1944년에 국철로
편입되었는데, 이를 계기로 센세키선*이라는 이름이 붙었다.
센세키선은 내가 고향집에 갈 때 반드시 타는 노선이다.

1889년에 시오가마정이 된 이후, 다른 지역과 합병하는
계획도 있었지만 그 계획은 잘 이루어지지 않았다.
센다이시에서 시오가마 및 다른 정, 촌을 합쳐 대도시를
만들 계획을 세운 적도 있다. 하지만 결국 이 계획은

---

* 센다이仙台의 '센仙', 이시노마키石巻의 '이시石'를 따서
'센세키仙石'라는 이름이 붙었다. '石'은 '세키'로도 읽는다.

25

시오가마 단독으로 도시가 되는 쪽으로 진행되었고, 1941년 11월에 시오가마시가 탄생했다. 시오가마시는 센다이시와 이시마키시 다음으로 탄생한 미야기현의 세 번째 도시였다.

그런 시오가마에서 어머니가 태어났다. 1954년이었다. 그 무렵, 시오가마시에는 교육위원회가 설립되었다. 시영아파트도 들어서고, 생활에 편리한 시설이 점점 늘어나 '시'로서 모습을 갖추어가던 때였다. 어머니가 태어난 다음 해, 시오가마시는 인구 5만 명을 넘기는 기록을 세웠다.

미래를 향해 발전해나가던 시오가마시에서 어머니는 귀가 들리지 않는 아이로 태어났다.

첫 귀성

시오가마에 도착할 즈음에는 이미 날이 저물어 있었다. 집에서 가장 가까운 역에 내린 나는 천천히 걸어서 집으로 향했다. 내가 평소 생활하는 도쿄와 달리 시오가마의 해 질 녘은 어딘가 조금 쓸쓸하게 느껴졌다. 사람이 많은 곳을 싫어하는 나는 이 쓸쓸한 마을 분위기가 오히려 더 편하게 느껴졌다. 주위가 어둑어둑해지자 바다에서 풍겨오는 짠 냄새가 한층 더 진해졌다.

집에 도착해 현관문을 열고 소리 높여 인사했다.

"다녀왔습니다."

사실 부모님에게는 전혀 들리지 않으니 나의 인사는 아무

의미가 없지만 집에 올 때마다 나는 이렇게 한다.

거실 유리문을 열자 어머니와 아버지는 내 쪽으로 등을 돌린 채 아무 소리도 나지 않는 텔레비전을 보고 있었다. 조금 세게 방바닥을 굴러 소리를 냈다. 그러자 바닥의 진동을 느낀 두 사람이 동시에 뒤를 돌아다보았다.

〈깜짝이야! 방금 도착했어?〉

〈응. 늦어서 미안. 다녀왔습니다.〉

〈어서 와. 밥은?〉

〈배고파.〉

〈금방 준비할 테니까 기다려.〉

어머니는 일어나 부엌으로 갔다. 나는 아버지와 탁자를 두고 마주 앉았다.

소리가 전혀 나지 않는 텔레비전에서 뉴스가 나오고 있었다. 자막 기능이 켜져 있었다. 멍하니 화면을 바라보고 있었더니 아버지가 그런 나를 보고는 음량을 높여주었다.

〈이 정도면 괜찮아?〉

〈소리 안 나도 별로 상관없는데.〉

집에 돌아오니 평소 내가 얼마나 소리에 둘러싸여 지냈는지 바로 알 수 있었다. 도쿄에서의 생활은 정말로 시끄러웠다. 이제는 시끄러운 생활에 제법 익숙해졌을 텐데도 이렇게 조용한 공간에 들어오면 확실히 나는 안심하고 만다.

어머니와 아버지의 작은 한숨이나 눈 깜박이는 소리마저 들릴 듯이 조용한 공간. 이 세계에 들어오면 얼마나 마음이

편안해지는지……. 이제는 그 어떤 것과도 바꿀 수 없다.

〈일이 많이 바쁘니?〉

원래 말수가 적고 무뚝뚝하다고 여기던 아버지이다.
하지만 아버지는 내가 집으로 돌아올 때마다 일은 잘하고
있는지, 생활은 어떤지 여러모로 신경을 쓰신다. 아버지는
빠릿빠릿하지는 않지만 다정한 사람이다.

〈응, 바빠. 그럭저럭 잘하고 있어. 괜찮아.〉

〈그래? 안 아프게 조심하고.〉

〈응, 괜찮아.〉

조심스럽게 말을 거는 아버지에게 최근에 있었던 일 같은 걸
이야기하다 보니 식탁 위에 접시가 자꾸자꾸 늘어났다. 가운데
놓인 큰 접시에는 새우, 연어, 오징어, 참치 등의 회가 있었다.
모두 내가 어릴 적부터 좋아하던 것들이다. 오늘 내게 주려고
일부러 어시장까지 가서 사 왔을 것이다. 두껍게 썰어 놓은,
호화로운 맛의 회.

본래 음식을 먹으며 취재 이야기를 할 생각이었지만, 시간도
늦었고 해서 다음 날 이야기하기로 했다.

밥을 먹고 한숨 돌리고 있으려니 어머니와 아버지는 이제
잠자리에 들 거라고 했다. 올빼미형 인간인 나와 달리 두
사람은 일찍 자고 일찍 일어난다.

〈엄마랑 아빠는 이제 잘 테니까 너도 목욕하고 얼른 자.〉

〈응, 주무세요.〉

둘을 보내고 나서 생각했다. 어머니에게 뭐라고 설명할까.

"엄마가 어떤 삶을 살아왔는지 알고 싶어."

갑작스럽게 이런 말을 하면 어머니는 과연 어떤 표정을 지을까?

이날을 위해 나는 수어 강좌를 들으며 다시 한번 새롭게 수어를 공부했다. 물론 그렇다고 수어 실력이 하루아침에 향상되는 것은 아니라, 결코 내 수어가 유창하다고는 말할 수 없었다. 그러니 내 마음이 어머니에게 얼마나 전해질지 가늠할 수 없었다.

조금 불안했다. 하지만 빨리 자려고 노력했다.

오랜만에 돌아온 고향에서 맞는 밤은 도쿄의 밤에 비해 몹시 추웠다.

첫 취재

다음 날 아침, 눈을 떠보니 아버지는 이미 일하러 나가고 없었다. 도장塗裝 공장에서 일하는 아버지는 매일 아침 6시 전에 집에서 출발했다. 가족을 먹여 살리기 위해 이런 생활을 한 지 벌써 몇십 년이 흘렀다. 한곳에 머무르지 못하는 내게는 경의마저 느껴지는 아버지의 삶이다.

아침을 먹고 세수를 한 후 거실에서 텔레비전을 보고 있던 어머니의 어깨를 두드렸다.

〈왜 그래?〉

〈있잖아, 엄마 옛날에 어땠는지 궁금한데.〉

어머니는 나를 똑바로 바라보면서 이해가 안 된다는 표정을 지었다. 나는 살짝 덧붙였다.

〈엄마가 어떤 아이였는지, 아빠랑 결혼할 때나 나를 낳을 때 모두가 반대하지는 않았는지, 그런 게 궁금해. 그리고 그걸 글로 쓰고 싶거든.〉

어머니는 조금 생각하더니 활짝 웃었다.

〈나에 관해서 쓰는 거야? 아이 창피해라.〉

어머니가 싫어하는 건 안 쓰겠다고 약속을 하니 어머니는 고개를 끄덕이며 승낙해주었다.

사에코는 시오가마시에서 태어나 자랐다.

〈근데 사실 어릴 적에 어디서 살았는지 기억이 안 나. 가장 오래된 기억은 작은 아파트* 같은 곳이야. 그 아파트 2층에 모두 함께 살았어. 초등학생 때였나? 아버지가 단독주택을 지어서 그리로 이사를 갔어.〉

나에코의 임신을 계기로 긴조는 야쿠자의 세계에서 빠져나왔다. 그 뒤 긴조는 운송 회사를 세웠다. 당시로서는 유복한 생활이 가능할 정도로 돈을 제법 벌기도 했다.

사에코가 초등학교에 다닐 무렵에 살던 단독주택은 여전히 시오가마 시내에 남아 있다. 하지만 이제 아무도 살지 않는다. 애초에 누가 관리하는지도 모른다. 벽도, 기둥도 전부 썩어 폐허가 되었다. 지금 살고 있는 집은 사에코가 중학교에 들어갈 때 지었다. 그 이후 사에코는 줄곧 이 집에 살았다.

* 2, 3층 정도의 낮은 집합주택으로 월세를 주고 빌려서 사는 집이다. 주로 1인 가구나 단독주택 혹은 맨션을 사기 전에 임시 거주지가 필요한 사람들이 산다.

〈엄마 귀가 안 들리는 건 언제 알게 됐어?〉

나의 질문을 이해한 어머니는 미간을 찌푸렸다. 먼 과거의
기억을 천천히 더듬어 찾는 듯 보였다. 나는 어머니가
이야기를 할 때까지 서두르지 않고 기다렸다.

〈언젠지 분명하게는 기억나지 않는데……. 철이 들었을
때는 주변 사람들이 무슨 말을 하는지 알 수가 없으니까 그냥
멍하니 바라보고만 있었던 것 같아. 어른이 되어서는 이런
말을 들었어. "항상 방글방글 웃는 아이였어"라고. 아무튼
아무것도 이해가 안 되니까 아버지와 어머니가 입을 움직이기
시작하면 그저 그 모습을 보고 방글방글 웃었던 것 같아.〉

사에코의 '이상함'을 감지한 것은 주변 어른들이었다.

어느 날, 이웃 사람이 긴조와 나에코에게 "혹시 이 아이 귀가
안 들리는 거 아니야?"라고 이야기를 해주었다고 한다. 긴조와
나에코는 자기 딸이 설마 귀가 안 들릴 거라고는 상상조차
하지 않았기 때문에 이웃의 지적은 바로 받아들여지지 않았다.

그러나 아무리 말을 걸어도 사에코는 반응을 하지
않았다. 말도 하지 않았다. 그런 사에코를 보고 긴조는
검사를 받아봐야겠다고 마음먹었다. 사에코가 세 살이 되던
무렵이었다.

지바에 있는 한 병원에 다니며 검사를 받기로 했다.
병원까지 가는 데는 시간이 많이 걸렸다. 그래서 지바에 살고
있던 긴조의 누나 집에 사에코를 맡기게 되었다.

〈그 병원에서는 정밀하게 검사를 해준다고 했어. 그래서 날 그리로 데려갔지. 아버지와 어머니도 걱정을 했겠지. 그런데 아직 언니들이 어리니까 나만 지바의 고모한테 맡겨놓았어. 정기적으로 병원을 다니는 생활이 시작된 거지.〉

이 생활은 사에코에게는 고통스러운 것이었다. 별다른 일이 없다 해도 아직 어린아이에게 병원이란 결코 즐거운 장소일 수 없다. 그런데 부모마저 곁에 없다면? 당시 사에코는 얼마나 외롭고 불안했을까.

〈의사 선생님은 무섭지 않았지만 검사가 굉장히 싫었어.〉

그럼에도 불구하고 고모는 사에코를 병원에 데리고 다녔다. 사에코의 귀가 들리지 않는다는 사실을 받아들이지 못한 것이다. 고모는 사에코의 귀를 고칠 방법이 정말 없는지, 어떻게든 그 가능성을 찾기 위해 통원을 감행했다.

〈병원에 가면 눈물이 흐르기 시작해. 나는 울면서 발버둥을 쳤지. 고모는 항상 예쁜 기모노를 입고 같이 병원에 갔는데, 내가 엉엉 우니까 기모노가 엉망이 되는 거야. 지금 생각하면 정말 죄송한 짓을 했지.〉

그렇게 병원에서 난리를 피운 날 밤이면 고모 집에 돌아와 야단을 맞았다.

〈고모부가 꾸짖었어. 그때는 확실하게는 이해가 안 됐지만 아마도 "검사를 잘 받으렴. 그러면 나을 테니까"라고 하셨던 것 같아. 하지만 나는 절대로 "예, 그렇게 하겠습니다"라고는 말하지 않았어. 아무리 야단맞아도 "예"라고는 말하지 않는

엄청 고집이 센 아이였단다.〉

정말 '고집'이 세기 때문이었을까? 누구든 이해할 수 없는
일을 겪는다면 그걸 받아들이고 긍정할 수 없는 것 아닌가?
그런 내 생각에 수긍하듯 어머니는 이렇게 말을 이었다.

〈이유도 모르는데 그저 야단만 맞는 상황이 싫었던 것
같아.〉

'들리지 않는 아이'가 되다

지바에 있는 고모 집에 머무르며 청각 검사를 하러
병원에 다니는 날이 이어졌다. 검사 결과 사에코의 귀는
태어날 때부터 들리지 않았다고 판명되었다. 그러니까
'청각장애'였음이 밝혀진 것이다. 하지만······.

〈고모는 필사적으로 내 귀를 고쳐주려 했어. 다정한
사람이었지만 내 귀에 장애가 있다는 사실이 정말 싫었나 봐.〉

지바에서 보낸 유소년기는 어머니에게 돌아보고 싶지
않은 기억만을 안겨주었을까? 취재를 시작한 지 얼마 되지
않았는데 괜히 어머니의 기분만 망친 게 아닌가 싶었다.

〈싫은 기억을 떠올리게 해서 미안해.〉

이렇게 사과하자 어머니는 웃으며 고개를 흔들었다. 병원과
검사에 관해서는 싫은 기억뿐이지만 지바에서의 생활 자체는
재미있었다고 했다.

〈고모 집에는 남동생들이 있었는데 그 아이들과 노는 게

재미있었거든. 특히 둘째 남동생이 다정했어. 내 귀가 안
들리는 걸 알면서도 항상 내 이름을 불러주었던 것 같아.〉

"사에 짱, 사에 짱" 하고 부르는 목소리. 어머니의 귀에는
그 목소리가 들리지 않았겠지만 그 아이의 다정함은 분명히
전달되었다.

그 뒤 사에코는 시오가마로 돌아왔다. 더 이상 지바에
머무른들 치료할 방법이 없었기 때문이다. '들리지 않는
아이'로서 다시 한번 시오가마에서 생활을 시작하게 된
것이다. 그 누구보다 사에코가 돌아오기를 기다린 사람은 둘째
언니 유미였다. 두 살 터울의 유미는 아무리 기다려도 동생이
돌아오지 않자 외로운 마음에 긴조와 나에코에게 몇 번이고
호소했다고 한다. "사에 짱은 언제 돌아와? 아직이야?"라고.

〈내가 시오가마에 돌아왔을 때 유미 짱이 정말로 기뻐했던
것을 기억해. "어서 와!"라며 반갑게 웃었어.〉

사에코가 지바에서 머문 기간은 1년 정도다. 오랜만에
재회하여 환희를 맛본 어린 자매는 그 뒤 다시금 함께
생활하게 되었다. 하지만 생활은 조금씩 바뀌었다. 나에코는
'딸의 귀가 낫도록' 신에게 빌었고 그 신앙심은 나날이
깊어갔다. 한편, 긴조는 사에코에게 '말'을 가르치는 데
열심이었다고 한다.

〈시오가마에 돌아왔지만 여전히 다들 무슨 말을 하는지는
알 수 없었어. 하지만 아버지는 내게 열심히 말을 가르치려고

했지.〉

긴조는 사에코의 손을 잡아 제 입으로 가져갔다. 손등에
입술을 대고 한 음, 한 음 또박또박 말을 했다.

〈하지만 무슨 말을 하는지 알 수가 없었어. 손등으로 진동은
느껴졌지. 그래도 아버지가 하는 말은 이해할 수 없었어.
아버지는 정말 열심히 했어. 그렇다고 내가 말을 할 수 있게
되진 않았지만.〉

병원에서 검사받는 것은 싫어도 시행착오를 거듭하는
긴조와의 '언어 수업'은 싫지 않았다. 어떻게 하면 좋을지는
알 수 없었지만 사에코는 긴조와의 언어 수업을 받아들였다.
그러나 아무리 애를 써도 긴조가 바라는 결과는 나오지
않았고, 그는 크게 낙담했다.

〈아무리 해도 말을 못 하니 아버지는 정말 안타까워했어.〉

아니, 어머니와 할아버지의 이런 에피소드를 믿으라고?
나는 믿을 수 없었다. 딸의 손을 잡고 열심히 말을 가르치는
아버지라니. 내가 아는 할아버지는 그런 따뜻한 이미지와는
어울리지 않는 사람이었다. 내 기억 속의 할아버지는 가족을
생각하는 다정한 사람이 아니었기 때문이다.

〈할아버지가 정말로 그랬어?〉

나는 무심코 의심하고 말았다.

〈그럼, 정말이지. 사실 아버지는 정말 다정한 사람인걸.
너랑은 다투기만 했지만.〉

하지만 아무런 성과가 나지 않았던 탓에 할아버지와의 언어

수업은 계속 이어지지 않았다.

그래도 긴조와 나에코는 포기하지 않았다. 어떻게든 사에코의 귀를 고쳐주려 했다. 사에코가 말할 수 있게 하고 싶었다. 이 마음이 기도나 수업과는 다른 형태로 표출된 적이 있었다.

〈중학교 때였나? 아버지, 어머니랑 밖에 나갈 일이 있었거든. 어디로 데려가는지는 몰랐지만, 일단 신이 나서 차를 탔지. 그랬더니 얼마 후에 커다란 병원에 도착한 거야. 무서워서 어쩔 줄 몰라 하니 어머니가 이러더라고. "여기에서 귀를 고쳐줄 테니까 내려라"라고 말이야. 그게 무섭고 또 무서워서 울고불고 난리를 쳤지. 그런 나를 보고 아버지랑 어머니도 체념을 했는지 결국 병원에는 들어가지 않고 그대로 집으로 돌아왔어.〉

거의 같은 시기에 지바의 고모도 "수술하지 않을래?"라고 물어보았다고 한다.

〈머리를 여는 수술을 하면 들릴 거라고 했어. 하지만 수술 같은 건 받고 싶지 않아서 눈물을 펑펑 흘렸지. 고모는 내 귀가 안 들리는 게 못마땅했던 거야. 그러니까 수술을 하라고 했겠지.〉

청각 관련 수술 가운데 대표적인 것으로 인공와우 이식 수술이 있다. 하지만 일본에서 처음으로 인공와우 수술이 이루어진 것은 1985년이다. 어머니가 수술을 권유받은

1960년대 후반에는 지금 같은 인공와우 수술은 없었을 것이다.

머리를 여는 수술이라……. 과연 어떤 것이었을까? 여전히
알 수가 없다. 그저 '귀를 고친다'며 여기저기 끌려다닌
어머니에게 아무런 일도 일어나지 않았던 것에 이제 와서
안도의 한숨을 쉴 뿐이다.

일반 학교로 진학하다

시오가마로 돌아온 사에코는 활발한 소녀로 자라났다. 동네
아이들과 섞여 아침부터 밤까지 뛰어다녔다. 하지만 그
아이들과 소통은 할 수 없었다.

⟨친구들과 함께 놀기는 했어도 그 아이들이 무슨 이야기를
하는지는 잘 몰랐어. 말하는 모습을 보고 흉내를 내보기도
했지만 다른 아이들처럼 말을 하지는 못했지.⟩

'언어'를 모르는 채로 사에코는 일곱 살이 되었다. 그리고
주위의 아이들보다 1년 늦게 지역의 일반 초등학교에
입학했다.* 일반 학교였기 때문에 들리지 않는 아이는 사에코
혼자였다.

교사가 무엇을 말하는지도 몰랐고 수업 시간에는 무엇을
가르쳐주는지 이해할 수 없었다.

⟨시험 볼 때 나눠 준 인쇄물에 도대체 무얼 쓰면 좋을지
몰랐어. 이름 쓰는 자리에 내 이름을 써야 하는 것조차
몰랐지. 할 수 없이 옆자리에 앉은 남자아이가 쓰는 걸 보고

  * 일본 또한 한국과 마찬가지로 만 6세가 취학 연령이다.

그대로 베껴 적었지. 그러니까 내 이름 쓰는 자리에 그 아이의 이름을 적은 거야. 그랬더니 선생님이 "여기에는 네 이름을 쓰는 거야"라고 가르쳐주어서 처음으로 '그런 거구나' 하고 깨달았어. 그다음부터 내 이름은 제대로 쓰게 되었지. 시험지 내용을 이해하지 못하니까 매번 0점을 맞았지만 말이야.〉

어린 시절 나는 비교적 공부를 잘하는 편이었다. 시험을 보면 100점을 맞는 것이 당연했다. 그런 나를 보고 어머니는 자주 이렇게 말했다.

〈다이 짱은 정말 대단해. 엄마는 바보라서 공부 같은 건 못하거든.〉

어째서 이런 말을 하는 걸까? 당시의 나는 어머니가 도대체 무슨 생각으로 그런 말을 하는지 짐작할 수 없었다. 물론 지금은 어머니가 공부를 못한 것은 아니라고 생각한다. 말을 모르는 상태로 교과서 내용을 이해하는 것은 불가능하니까.

그런데, 그런 상황에서도 사에코는 결석하지 않았다.

〈공부는 못했지만 반 친구들과 노는 건 재미있었어. 집에 오면 가방을 던져놓고 광장에 모이는 거야. 숨바꼭질을 하거나 그네를 타면서 놀았지.〉

친구들 가운데는 사에코를 바보 취급하는 아이도 있었다. "앗빠"라고 손가락질을 하며 웃었다. '앗빠'란 '바보' 혹은 '멍청이'를 뜻하는 미야기 방언이다.

〈하지만 말이야, 같은 반이었던 여자애가 이쪽으로 오라고 손짓해서 보호해줬어.〉

친절을 베푼 건 그 여자아이만이 아니었다. 괴롭히는 아이도 있었지만 그 이상으로 다정하게 대해준 아이들이 많았다. 졸업 직전에 선생님이 사에코가 센다이에 있는 농학교로 진학할 것이라고 알려주자, 같은 반 친구들은 이별이 아쉬워서 돌아가며 사에코의 손을 잡았다고 한다. 또 옆자리의 남자아이는 아쉬운 얼굴로 웃으며 사에코의 머리를 쓸어주었다.

〈농학교에 다니게 된 다음에 그 아이랑은 역 플랫폼에서 딱 한 번 마주쳤어. 반대편 플랫폼에서 나를 보며 손을 흔들어주었지. 근데 괜히 부끄러워져서 그냥 고개를 돌려버렸어. 그 후로는 그 아이랑 마주친 적은 없어…….〉

사에코를 멀리 떠나보내게 된 반 친구들은 모두 어떤 마음이었을까? 그들이 아쉬워했다는 것은 어머니가 받은 인상일 뿐이다. 아이들이 어떻게 생각했는지 각각의 마음속을 어머니는 알 수 없다. 거기에는 공통의 언어가 없었으니까.

농인의 역사 —— 모리 소야 씨에게 듣다

어머니의 이야기를 듣고 나니 내 마음속에는 의문의 싹이 하나 움텄다. 왜 어머니는 처음부터 농학교에 다니지 않았을까? 그야 당연하게도 할아버지와 할머니가 어머니를

지역의 일반 초등학교에 보냈기 때문이다. 그렇다면 두
사람은 대체 무슨 생각으로 어머니를 일반 초등학교에
보냈을까? 이제 와서 알 방법은 없다. 하지만 당시의 시대
상황을 조사해본다면 할아버지와 할머니의 생각을 헤아려볼
수 있지 않을까?

이렇게 생각한 나는 전 장애학회 이사이자 농인 당사자이며
수화언어와 농문화를 연구하여 세상에 소개하고 있는 모리
소야(1962~) 씨를 찾아가기로 했다.

2022년 8월의 어느 날 오후, 약속 장소로 향했다. 조용한
곳에서 천천히 이야기하고 싶은 마음에 공간을 하나 빌리기로
했다. 약속 장소에 조금 일찍 도착한 내가 음료수 같은 것을
준비하는 동안 문을 두드리는 소리와 함께 수어통역사 두
분*이 도착했다. 내 수어 실력으로는 모리 소야 씨의 이야기를
정확하게 이해할 자신이 없었다. 그래서 이 귀중한 기회를
날려버리지 않기 위해 평소에 모리 소야 씨가 통역을 의뢰하는
에이전시를 통해 통역사 두 분을 소개받았다.

만나기로 약속한 시간이 되자 다시 한번 문을 두드리는
소리가 들렸다. 문을 열자 한 남자가 싱글벙글 웃고 있었다.
모리 소야 씨였다. 온화한 분위기 속에서 우리는 인사를
나누었다. 나는 "바로 본론으로 들어가겠습니다"라고 말한 후
"수어의 역사와 농문화에 관해 알려주세요"라고 했다. 그러자
모리 소야 씨는 천천히 이야기를 시작했다.

---

* 청인 수어통역사는 음성언어를 쓰는 청인과 농인 사이를,
농인 수어통역사는 청인 수어통역사와 농인 사이를 잇는 역할을
한다.

모리 소야 씨의 말에 따르면 역사 속에 농인의 존재가 나타나기 시작한 것은 무로마치 시대*라고 한다. 당시에 번성했던 교겐狂言** 가운데 농인이 등장하는 공연의 제목이 남아 있다고 한다. 또 무로마치 시대 후기부터 에도 시대***에 걸쳐 제작된 낙중낙외도洛中洛外圖**** 가운데는 수어를 사용하는 사람이 그려진 그림이 있다고 한다. 에도 시대의 서당에는 농인 어린이들이 여러 명 있었다는 사실도 알려져 있다.

〈농인 어린이들이 여러 명 있었다는 사실을 통해 그곳에서 수어가 사용되었으리라는 점을 추측할 수 있습니다.〉

1878년에는 일본 최초로 교토맹아원京都盲啞阮이 설립되었다. 창시자인 후루카와 다시로는 이웃에 사는 농인 자매가 수어로 대화하는 모습을 목격하고 수어를 사용하면 농인에게도 교육이 가능하다는 사실을 깨닫게 되었다.

이러한 사실들에 기초해서 보면, 수어란 '들리는 사람이 들리지 않는 사람을 위해 만들어낸 언어'가 아니라 '들리지 않는 사람들 사이에서 자연발생적으로 생겨난 독자적인 언어'이며 농인들 사이에서는 예전부터 사용되었던 것으로 보인다. 이는 일본에만 한정된 이야기가 아니다. 농인 집단에

---

* 1336~1573년.

** 무로마치 시대에 성립한 일본 전통 예능의 하나로 골계적이고 비속한 부분을 극화했다.

*** 1603~1867년. 도쿠가와 시대 혹은 막번 체제 시대라고도 한다.

**** 무로마치 후기부터 에도 시대에 걸쳐 제작된 풍속화. 교토의 시가와 교외 풍경, 서민의 생활, 풍속 등을 부감하듯 그렸다.

수어가 존재했다는 서술은 전 세계의 다양한 문헌에서 찾을 수 있다고 한다.

〈프랑스혁명 때의 철학자들, 예를 들어 루소 같은 사람도 수어에 관해 언급했습니다. 온 세상에 농인이 있고 그들이 있는 곳에는 수어가 있었습니다. 이러한 사실은 역사적으로 어느 나라에서나 찾아볼 수 있습니다.〉

1960년, 미국에 있는 농인을 위한 대학인 갤러뎃대학교의 윌리엄 스토키 교수가 수어가 언어임을 증명하는 연구를 출판했다.* 스토키 교수의 주장은 출판 당시에는 웃음거리로 여겨졌으나 시간이 지나면서 점차 받아들여졌다. 오늘날에는 많은 연구자들이 수화언어학 분야에서 연구하고 있다.

그럼에도 수어를 가볍게 보는 사회 분위기는 오랫동안 이어졌다. 대표적인 예로 오랜 세월 농인에게 강요된 '구화법口話法'을 들 수 있다. 구화법은 엄격한 훈련을 통해 농인이 상대방의 입 모양을 읽고 음성으로 말할 수 있게 하는, 즉 농인을 조금이라도 청인에 가깝게 만들기 위한 교육법이다.

후루카와 다시로가 시작한 수어를 사용한 교육법은 1930년대 초까지 이어졌다. 그러나 당시 유럽에서 구화법이 유행하자 일본에서도 구화법을 가르치려는 움직임이 커졌다. 결정적으로 1933년 하토야마 이치로 당시 문부대신이 '구화법에 의한 농교육'을 장려하는 훈시를 공표한 이후,

---

* 윌리엄 스토키William C. Stokoe Jr.(1919~2000)는 최초의 수어학자로 미국수어에 대한 연구, 즉 수어가 단순히 제스처로만 이루어진 체계가 아니라 통사론과 형태론 분석이 가능한 진정한 언어임을 밝혀내는 연구로 수어에 대한 이해의 폭을 넓혔다. 1960년에 출간된 책은 『수화언어의 구조Sign Language Structure』이다.

농교육 현장에서는 구화법이 공식적인 수단이 되었다. 당시 일본의 교육자였던 가와모토 우노스케는 구화법을 견인한 인물 가운데 한 사람이다.

〈1880년에 개최된 밀라노회의에서 "농학교에서 수어 사용을 금지하고 구화만을 장려하겠다"라고 결의했습니다. 이를 계기로 구화법 교육이 세계적인 경향이 되었습니다. 나중에 구화법이 널리 확산된 유럽을 시찰하고 온 가와모토는 일본도 구화법을 도입해야 한다고 생각했답니다.〉

농교육 현장에서 수어의 필요성이 다시 한번 제기된 것은 1960년대에 들어서였다. 오랜 기간 농인의 언어였던 수어는 이렇게 배척되어온 것이다. 모리 소야 씨는 이를 두고 〈권리를 빼앗겼던 것입니다〉라고 했다.

〈일본에 사는 일본인 가운데 일본어를 말할 수 있는 것을 자신의 '권리'라고 생각하는 사람은 많지 않을 것 같습니다. 소통이 안 되는 상황이 없으니까요. 하지만 이렇게 생각해보길 바랍니다.〉

언어가 어째서 권리인지 설명하기 위해 모리 소야 씨는 다음과 같은 이야기를 해주었다. 예를 들어, 일본어가 통하지 않는 외국에서 살게 되었다고 하자. 심지어 그곳은 자동차 없이는 살기 어려운 변두리. 여기서 생활하려면 반드시 자동차 운전면허를 취득해야 한다. 그런데 시험은 그 나라 언어로만 치를 수 있기 때문에 운전 지식이 있더라도 그 나라의 말에 대한 이해가 부족하여 몇 번이고 운전면허

시험에서 떨어진다. 결국 생활에도 지장이 생긴다…….

언어를 인정받지 못하면 그 이후의 삶에 큰 제약이 생긴다는 것이다. 이를 농인의 역사에 비추어 보면, 구화법을 강제로 교육받았던 농인들은 권리를 침해당한 것이 된다.

어머니가 농학교에 입학한 해는 1967년이다. 역사적으로 볼 때 1967년 즈음은 농교육에서 수어의 필요성이 다시 제기되던 시기다. 실제로 어머니는 엄격한 구화 훈련은 받지 않았다고 한다.

반대로 아버지는 구화 훈련을 경험했다. 초등학생이던 아버지가 이와테현의 농학교 기숙사에서 생활하던 때의 일인데, 아버지는 물이 담긴 컵에 얇은 종이를 늘어뜨려 입 앞에 놓고는 몇 번이고 반복해 발성 연습을 해야 했단다. 수면과 종이의 움직임으로 소리를 제대로 내고 있는지 확인하라는 뜻이었다. 아직 어렸던 아버지에게 그 훈련은 얼마나 힘이 들었을까.

할아버지와 할머니의 생각

1960년대부터 1980년대에 걸쳐 일본에서는 농교육 현장에 수어를 어떻게 도입할 것인가에 대한 논의가 이루어졌다. 그 과정에서 수어란 무엇인가를 연구하는 일본수화학술연구회*가 설립되었다. 1968년에는 '동시법적수화同時法的手話'가 생겨났다. 이를 고안한 사람은

---

* 일본에서 사용되는 법과 제도의 명칭, 단체명 등 고유명사에서는 '수화'로 옮겼다.

도치키현립농학교 교원들이었다. 그들은 농인이 사용하던 수어를 '전통적인 수화'라고 부르며, 이것은 교육에 적합하지 않다고 했다. 이를 대신하는 것이 바로 '동시법적수화'로 일본어 어순에 맞게 수어를 하는 것이었다. 이후 '동시법적수화'는 현재 '수지 일본어手指日本語' 혹은 '일본어 대응 수화日本語對應手話'라고 불리는 것으로 발전했다. 참고로 농인이 사용하던 '전통적인 수화'는 오늘날 '일본수화Japanese Sign Language(JSL)'*라고 불리는 것과 농교육을 받지 않은 농인이 사용하는 홈 사인home sign**을 혼용하던 것을 가리킨다.

일본에서 수어를 언어로 간주하여 연구하게 된 것은 그 뒤로도 약 20여 년이 지난 1980년대 후반이었다.

〈그 무렵 농학교 교사가 중심이 되어 이끌던 일본수화학술연구회에 언어학자들이 모이기 시작했습니다. 그러자 마침내 수어가 그저 단어의 나열이 아니라는 사실이 밝혀졌습니다. 음성 일본어에서 '수화'***라는 단어는 SH, U, W, A로 나뉘는데 이를 음원 혹은 음소라고 합니다. 이를 몇 가지 방식으로 조합하여 '수화'라는 단어 수준의 덩어리를 만들 수 있습니다. 단어는 그 자체로 의미를 갖습니다. 하지만 음원이나 음소 자체에는 의미가 없습니다. 언어는 이러한 요소로 만들어져 있습니다. 이는 농인이 사용하는 수어에도 똑같이 적용됩니다.〉

* 전통문화적 수어, 농인의 수어, 습관적 수어 및 부모가 농인인 사람 혹은 일부 사립 농학교를 다닌 농인의 수어.
** 공용어로서 사용하는 수어 이외에 농인이 가정 안에서나 개인적으로 사용하는 수어.
*** 수화는 일본어로 'しゅわ[shuwa]'.

수어에도 음원과 음소 같은, 말보다 작은 단위가 있고 그것을 조합하여 하나의 말을 구성한다. 앞에서 언급한 스토키 교수는 수어 또한 음성언어와 같은 방식으로 이루어져 있음을 밝혀 수어가 언어임을 증명했다.

〈그럼에도 아직 해결되지 않은 문제가 남아 있습니다. 최근에도 홋카이도의 한 농학교 학생이 '일본수화'로 수업을 받고 싶다며 소송을 제기했습니다(2022년 12월 첫 번째 재판이 있었다). 조금 전에 수어에도 음원과 음소가 있다고 이야기했는데요. 홋카이도 농학교의 사례는 아마 또 다른 수준의 문제로 애초에 수어의 어순과 비수지 동작非手指動作*을 이해하지 못하는 교사가 있어서 수업에 어려움이 있었던 것 같습니다. 청인의 시각에서 보면 '일본수화'가 아니라고 해도 손을 움직이기만 하면 뭐든 상관없는 거 아니냐고 생각하실지 모르겠습니다. 하지만 모어인 '일본수화'로 교육받는 것은 농인의 권리입니다. 이를 이해시키려면 시간이 많이 걸릴 것 같습니다.〉

언어를 빼앗기는 것은 권리를 빼앗기는 것과 마찬가지다. 그렇다면 초등학교를 졸업할 때까지 어머니는 그 권리를 빼앗긴 채 살았던 것이다. 그렇다면 빼앗은 이는 누구인가? 어머니에게 수어를 가르치지 않은 할아버지와 할머니였을까?

---

* 수어에서 손과 손가락, 팔을 사용하는 동작 이외의 요소를 가리킨다. 구체적으로 수어에서는 머리와 시선은 물론이고, 눈썹을 올리거나 미간을 찡그리거나 눈을 크게 혹은 가늘게 뜨는 행위, 볼을 부풀리거나 홀쭉하게 하는 것, 입 모양을 바꾸는 것, 혀를 내밀거나 턱을 당기거나 고개를 끄덕이는 것을 중요한 문법적 요소로 사용한다.

〈반드시 가족이 나빴다고 단언할 수는 없습니다. 당시에는 사회적 억압이 강한 시대였습니다. 수어를 사용하면 '한심해 보이니' 하지 말라고 하던 시대였으니까요. 그중에는 수어를 사용하는 농인을 '동물 같다'며 손가락질하는 사람도 있었습니다. 이와 동시에 어쩌면 이가라시 다이 씨의 할아버지, 할머니에게는 따님을 멀리 떠나보내기 싫었던 이기적인 마음이 있었을지도 모르겠네요.〉

아이가 수어를 배우면 자신들에게서 멀리 떠나버릴지도 모른다. 그러니까 수어 같은 것은 가르치지 않고 계속해서 옆에 두고 싶다. 들리지 않는 딸이 걱정이 되고, 또 귀여우니까. 세간의 눈을 의식했거나 혹은 딸과 떨어지고 싶지 않았거나. 혹은 그 두 가지 모두일지도.

어느 쪽이 이유였든 할아버지와 할머니의 마음은 복잡했으리라. 만약 두 사람이 살아 있다면 속마음을 들어볼 수 있을 텐데 싶었다. 내가 실망한 마음을 감추지 못하자 모리소야 씨가 이렇게 말해주었다.

〈청인이 농인의 마음을 이해하기란 쉬운 일이 아닙니다.〉

당시 어머니 곁에는 모두 들리는 사람뿐이었다. 오로지 딱 한 사람만 들리지 않았다. 누가 어머니의 그런 마음을 제대로 이해할 수 있었을까?

〈농인은 언어적 소수자입니다. 그 마음을 이해하기 위해서는 청인도 비슷한 경험을 할 필요가 있습니다. 예를 들자면 농인의 집단에 들어가 보는 것이지요. 그 안에서

음성언어가 통하지 않는 경험을 해보면 비로소 농인의 기분을
이해할 수 있지 않을까 싶습니다.〉

만약 지금 할아버지와 할머니가 살아 있다면 농인들의 모임
같은 곳에 함께 갈 수도 있을 것이다. 그런 경험을 했다면 두
사람도 수어를 배워볼 마음을 먹었을지 모를 일이다.

지금으로부터 약 70년 전, 긴조와 나에코는 들리지 않는
딸을 보며 무슨 생각을 했을까? 모리 소야 씨 취재를 끝내고
집으로 돌아가는 길에 줄곧 내 머릿속을 떠나지 않는
생각이었다.

2장   두 언니

내 어머니 사에코에게는 다정한 아버지였던 긴조. 할아버지는 할머니에게도 다정했을까? 아니, 그렇지 않았다. 내가 기억하기로 할아버지와 할머니는 걸핏하면 부딪쳤다. 두 사람의 다툼은 대체로 할아버지가 머리끝까지 취하면 시작되었다.

엄청난 술꾼이었던 할아버지는 취하면 눈에 초점이 흐려졌다. 그리고 혀가 꼬이기 시작하면서 할머니 트집을 잡았다. 그러면 할머니는 받아치기 시작한다. 그런 할머니를 향해 점점 커지는 할아버지의 목소리.

이제 그만했으면 좋겠다. 내 눈앞에서 말싸움을 하는 두 사람을 보면서 자주 이렇게 생각했다. 하지만 이미 머리끝까지 열이 오른 할아버지는 아무도 말릴 수가 없었고, 결국 할아버지는 할머니에게 폭력을 휘둘렀다.

할아버지가 물건을 집어던지고 머리카락을 잡아당기면 할머니는 비명을 질렀다. 어린 나는 몇 번이고 할머니를 보호하려 했다. 하지만 "시끄러워!"라고 면박을 당하면 그 자리에 붙박이가 된 듯 꼼짝도 하지 못했다. 그러다 결국 어머니, 아버지까지 이 소동을 알게 되어 싸움을 뜯어말리면 할아버지는 큰소리로 한마디 내뱉고는 침실로 들어가 나오지 않았다. 뒤에 남는 것은 울고 있는 할머니와 떨고 있는 나, 그리고 난처해하는 부모님이었다.

그래서 나는 할아버지가 싫었다.

〈내 기억 속의 할아버지는 할머니와 다투기만 했는데

옛날에는 사이가 좋았어?〉

　〈아니, 아버지는 나한테는 다정했지만 어머니랑은 다투기만
했어. 크게 다툰 날은 반드시 둘 중 하나가 가출했지. 그리고
이유는 모르겠지만 가출할 때는 반드시 나를 데려갔어.〉

　할아버지와 할머니 둘 다 들리지 않는 어머니를 두고 떠날
수는 없었던 걸까?

　〈이건 어른이 되어서 유미 언니가 가르쳐준 건데…….
진짜 깜짝 놀랐잖아. 언제더라, 평소처럼 둘이 크게 싸우고는
아버지가 나를 데리고 가출을 하려고 했거든. 그때 아버지가
나한테 뭐라고 한 줄 알아?〉

　〈…… 뭐라고 했는데?〉

　〈"사에코와 함께 죽어주지"라면서 내 손을 끌고 갔다는
거야.〉

　머리끝까지 난 화를 어찌하지 못한 할아버지는 어머니를
죽이고 당신도 죽을 생각이었던 것이다. 이를 막은 사람은 두
살 위인 유미였다. 할아버지에게 사에짱을 데려가지 말라고
말하며 울었다.

　〈절대로 사에짱을 데려갈 수 없다며 우니까 아버지도
흥분이 가라앉고 화가 풀렸대.〉

　유미는 항상 할아버지와 할머니 사이에서 두 사람의 관계를
잘 유지하려 했다. 그뿐이 아니다. 동생인 어머니에게도 자주
말을 걸어주었다고 한다.

　〈내 눈을 찬찬히 보면서 뭐가 하고 싶은지, 뭐가 먹고 싶은지

그런 걸 이해해주려고 했어. 당시에는 아무도 수어를 못
했지만 그래도 유미 짱은 나와 소통하려고 열심이었어. 유미
짱은 주변 사람들에게 신경을 써주는 정말 다정한 언니였지.〉

유미 이야기를 할 때마다 어머니는 신뢰감 가득한 표정이
된다. 어머니에게 유미의 존재는 그토록 컸다.

그렇다면, 다른 언니 사치코는 어땠을까? 다섯 살 연상인
사치코는 어머니 눈에 무척 어른이었다고 한다.

〈저녁을 먹고 나면 삿 짱은 어디론가 훌쩍 가버리는 거야.
한번은 몰래 따라가 봤지. 그랬더니 글쎄 집 뒤에서 담배를
피우더라. 내가 보고 있는 걸 눈치챈 삿 짱이 담뱃불을 끄더니
검지를 코에 대고는 쉿, 하는데 그게 어찌나 웃기던지.〉

당시의 사치코는 불량 학생 같은 구석이 있었다.

〈나이 차도 제법 나서 그다지 나랑 놀아주지는 않았지만
파마를 하거나 예쁘게 꾸민 삿 짱을 보는 건 좀 재미있었어.〉

사치코가 유미와 달리 어머니에게 별로 신경을 쓰지 않았나
하면, 결코 그렇지는 않다. 내가 아직 부모님과 함께 살 때
사치코도 시오가마에서 살았다. 부모님 집에서 걸어갈 수 있는
거리에 사치코의 집이 있었기 때문에 나도 자주 놀러 갔다.
학교에서 집에 돌아오면 사치코가 거실에서 나를 기다린 적도
많았다.

사치코는 어머니와 함께 마트에 가서 물건을 사고 저녁
준비도 같이 했다. 요리를 잘하는 편이라 부엌에서 어머니에게

무언가를 가르쳐주고 있는 모습도 자주 보았다. 어머니를 걱정하고 있다는 말을 하지는 않았지만 사치코는 그 나름의 방식으로 어머니 곁에서 함께했으리라.

사치코와 유미는 둘 다 어머니에게는 매우 소중한 '언니'였고, 두 사람에게 어머니는 아무리 시간이 흘러도 마음에 걸리는 동생이었을 것이다. 그래서 나는 두 사람의 이야기를 들어봐야겠다고 생각했다. 어린 시절부터 어머니 곁에 있던 두 사람에게는 무엇이 보였을까. 그것을 알게 된다면 어머니의 인생을 다면적으로 이해할 수 있으리라. 나는 서둘러 두 사람에게 연락해보았다.

"엄마에 대해 물어보고 싶은 게 있거든."

첫째 사치코

인터뷰에 앞서 사치코와 유미에게 연락을 했다. 둘 다 호의적인 반응을 보여주었다. 사실 유미와는 한동안 만나지 못했으며, 내가 어렸을 때는 서로 부딪친 적도 있었기 때문에 인터뷰를 거절할지도 몰라 걱정이 되었다. 하지만 유미는 "내가 해도 되는 거라면 뭐든지 물어봐. 이야기해줄게"라고 했다. 사치코는 "먹고 싶은 것이 있으면 말해. 만들어놓을 테니까"라고 했다. 이모들에게 나는 몇 살이 되었든 어린 조카였던 것이다.

지금 사치코는 나의 부모님 집에서 네 정거장 떨어진

아파트에서 혼자 산다. 나는 도쿄역에서 산 과자*를 손에 들고
인터폰을 눌렀다. 그러자 바로 사치코가 얼굴을 내밀었다.
오랜만에 만나서 반가웠는지 사치코는 웃고 있었다. 그런
사치코를 마주한 나 또한 웃어버려서 할 말을 잊고 말았다.

　사치코는 목에 감고 있던 스카프를 풀었다. 거기에는 구멍이
하나 있었다. 사치코는 몇 년 전에 후두암을 앓다가 적출
수술을 받았다. 암은 제거했지만 수술 후 경과가 그리 좋지
않아서 재수술을 받았는데 그 결과로 목에 구멍이 난 채로
살게 되었다고 한다. 그래서 이야기할 때 쉰 목소리가 나고
발성이 잘 되지 않는다고.

　"다이 짱, 오랜만이야. 어서 들어와."

　오랜만에 듣는 사치코 이모의 목소리는 내 기억 속의
목소리와는 조금 달랐다. 그런 상태인데도 인터뷰를
승낙해주어 고맙다는 말을 하고 과자를 건네자 "어머, 고마워.
이렇게 신경 쓸 줄도 알고 참 훌륭해졌구나"라며 너스레를
떨었다. 그런 모습을 보니 조금 안심이 되었다. 속은 변하지
않았구나. 사치코 그대로였다.

　제법 오래되었겠다 싶은 이모의 아파트 안은 데미그라스
소스 냄새로 가득했다. 사치코 이모는 나를 기다리면서
손수 햄버그스테이크**를 만들었다고 했다. 나는

---

　*　일본 사람들은 남의 집에 갈 때 빈손으로 가지 않는다. 특히
부탁을 하러 갈 때라면 더더욱 과자라도 사서 가는 것이 일본의
문화다. 특히 '오미야게お土産'라고 하여 다른 지역에 살고 있거나
여행을 다녀온 경우에는 지역에서 생산되는 기념품을 사 가는
것이 일반적이다. 그래서 기차역에는 기념품 가게들이 많다.
　**　특별한 날 집안의 어른들이 어린이들에게 만들어주는
대표적인 음식.

햄버그스테이크를 먹으며 사치코가 하는 이야기에 귀를
기울였다.

"사에 짱이 귀가 안 들린다는 걸 알게 된 건 아마 사에
짱이 서너 살 때쯤이었던 것 같아. 말을 전혀 안 하니까 '어?
이상한데?'라고 생각했지. 귀가 들리는 유미랑 비교하면
사에 짱은 확실히 어딘가 달랐어. 집 안에 있을 때도 조용했고
말이야."

당시 초등학생이었던 사치코는 신장병을 앓고 있었다. 지금
열심히 집중해서 치료하지 않으면 결국에는 투석을 받으며
살아야 할지도 모른다는 선고를 받았기 때문에 사치코는
나에코와 함께 매일 병원을 다녔다. 사치코는 "어머니는
나한테 딱 붙어 있어야 했거든. 그래서 사에 짱까지 돌볼 틈이
없었어"라면서 미안해했다.

"그래서 지바의 병원에서 검사를 받게 된 거겠네?"

"응. 지바에는 고모들이 살고 있었고, 또 지바 의대에서
진찰을 해주겠다고 했어. 그런데 검사 결과가 '이 아이는
태어날 때부터 귀가 들리지 않았다'였던 거지. 그때 병원에 간
기억 때문에 사에 짱이 병원 가는 걸 싫어하게 된 거야."

동생의 귀가 들리지 않는다는 것이 확실해졌지만 사치코는
특별히 동요하지 않았다고 한다.

"어머니도 아버지도 특별히 뭘 하지 않았어. 그러니까 나도
굳이 의식하지 않으려고 했지. 평소에 하던 대로 보살펴줬지.
소통을 해야 할 때는 사에 짱의 몸을 톡톡 치고 눈을

바라보면서 손짓 발짓으로 전하는 거지."

가족이니까 통한다는 말. 나는 그다지 좋아하지 않는다.
하지만 분명 가족 사이에 흐르는 공기는 때로 말보다 더 많은
말을 한다. 나와 어머니도 수어와 구화, 필담, 보디랭귀지 등을
섞어서 대화를 하지만, 그런 것들을 사용하지 않아도 공기의
흐름으로 서로 하고 싶은 말을 느낄 수 있는 순간이 자주 있다.

이런 실제 체험에 비추어 볼 때 사치코가 택한 소통
방법으로도 상상 이상의 것을 얻을 수 있었으리라. 하지만
또한 사람과 사람이 서로를 알기 위해서는 공통의 언어가
필요하다. 그런데 어머니의 언어는 수어다. 할아버지와 할머니
역시 수어를 배워야 했던 것 아닐까?

"그렇게까지는 신경 쓸 여유가 없었어. 모두 함께 화롯가에
둘러앉아 밥 위에 정어리를 얹어 먹었어. 지금보다 훨씬
가난한 시절이었고. 생활을 꾸려나가는 것만으로도 힘이
드니까 다른 건 생각해볼 겨를도 없었던 것 같아. 그래도
말이야. 어머니와 아버지는 사에 짱을 많이 귀여워하셨어.
특히 아버지는 집에 손님이 오면 '사치코, 사에 짱 데리고 안에
들어가 있어'라고 했지. 못된 마음으로 그런 게 아니야. 다른
사람이 괜히 '저 애 귀가 안 들리나 봐'라고 하는 게 싫었던
거야. 이웃 사람들이 사에 짱에 대해서 이러쿵저러쿵하지
못하게 항상 신경을 쓴 거지."

"걱정했지"

가족 외의 다른 사람들, 예를 들어 근처에 살던 같은 연령대의
어린이들과는 어떻게 교류했을까? 어머니는 〈무슨 말을
하는지 몰랐어〉라고 했다. 그럼에도 함께 노는 친구들은
있었다. 그 아이들 사이에서는 어떤 커뮤니케이션이
이루어졌을까?

"하루는 사에 짱이 집에 있던 돈을 들고 나가서 동네
아이들에게 먹을 걸 사준 거야. 정말 어찌나 대접을 잘
했던지……. 물론 어머니한테 들켜서 야단맞았지만 말이야.
사에 짱은 어쩌면 먹을 걸 사주면 아이들이 모여들 거라
생각했을지도 모르겠네."

"친구가 아니었다는 거야?"

"글쎄, 나는 잘 모르겠지만. 그래도 사에 짱처럼 들리지 않는
사람들과 사귀게 된 뒤로는 교우 관계도 변한 것 같아."

농학교에 다니게 되면서 어머니의 세계는 변한 모양이다.
어머니가 수어를 배운 것과 관계가 있을 것이다. 어머니가
수어를 배운 건 초등학교 졸업 이후였다. 그러니까 어머니는
초등학교를 졸업하기 전까지는 아무런 의사소통 수단도 갖지
못한 채 들리는 세상에 홀로 남겨져 있었던 것이다.

왜 주변 사람들은 들리지 않는 어머니에게 아무것도 해주지
않았는지 도무지 이해할 수가 없다. 사치코는 "그렇게까지는
신경 쓸 여유가 없었어"라고 했다. 그런 상황에 처한 어머니는
얼마나 외로웠을지.

"초등학생이 되어서도 자기 의사를 전할 수 없었으니
엄마는 정말 힘들었을 거야. 할아버지랑 할머니는 왜 아무것도
안 한 거야? 고민하거나 걱정하거나 하진 않았어?"

평소 같은 취재라면 있을 수 없는 일이었지만, 나는 인터뷰
중임에도 불구하고 거친 목소리로 물었다. 그런 나를 보고
사치코는 알쏭달쏭한 미소를 지었다.

"어머니와 아버지 둘 다 고민했을 거야. 딸인 우리에게 그
고민을 말하지는 않았지만."

할아버지와 할머니 두 사람 다 마지막 순간까지 수어를
사용하지 않았다. 두 사람이 할 수 있는 일은 더 많았을
텐데……

사치코의 이야기를 듣고 있자니 가슴 깊은 곳에서 분노가
끓어올랐다. 참기 힘들었다.

"애초에 수어라는 게 있다는 걸 안 것도 제법 시간이
지나서였어. 사에 짱이 농학교에 다니게 된 후에야 수어라는
게 있구나 했지. 하지만 우리는 수어를 모르니까 집에서는
사용하지 않았어."

어머니가 농학교에 들어갔을 무렵 사치코는 집을 나왔다.
그러니 당시 할아버지, 할머니가 무슨 생각을 했는지는 정확히
알 수 없단다.

사치코는 "어린 시절의 네 엄마에 관해서는 별로 이야기를
못 해주었으니"라면서 대신에 어머니와 아버지가 결혼할

무렵의 이야기를 들려주었다.

"사에 짱이랑 고지 군이 결혼해서 처음에는 센다이의
아파트를 빌려서 살았거든? 그런데 말이야. 이렇게 말하면
정말 미안하긴 한데……. 신혼집에 들리지 않는 사람들이
모여들기 시작한 거야. 참 큰일이다 싶었지. 둘이 사는 집이
마치 친구들 아지트처럼 이용되는 거 아닌가도 싶고 말이야."

들리고 안 들리고를 떠나 사는 집이 아지트가 되어버린다면
확실히 큰일은 큰일이다. 그런데 사치코의 입에서 나온
'큰일'은 내가 걱정한 것 이상이었다.

"아니, 애초에 고지 군과 결혼하는 것도 걱정되잖아. 들리는
사람이랑 결혼하면 사에 짱을 보호해주겠지만 똑같이 안
들리는 사람이라면 큰일 아니니? 다이 짱, 만약에 다이 짱
아이가 그러면 어떡할래?"

당시는 이런 식의 가치관이 통용되던 시대였으리라.
지금 내가 그 가치관을 부정할 수는 없다. 그렇다고 당시의
가치관을 현재로 끌어와서는 안 된다고 생각한다. 당연히
나는 당시의 가치관을 긍정하지 않으며 앞으로는 더욱 개인의
의사를 존중해야 한다고 생각한다. 들리지 않는 사람끼리
결혼하는 것을 막을 권리는 누구에게도 없다.

"하지만 나는 걱정했지. 아기가 생긴 걸 알았을 때도, 혹시
아기한테 무슨 일이라도 생기면 어떡하지 싶어서. 아기가 우는
모습을 보기만 해서는 무슨 일이 일어났는지 알 수 없을 거
아니니?"

걱정이 된 사치코는 아파트를 몇 번이나 찾아가서 사에코가 어떻게 지내는지 살폈다. 그곳에는 사에코만 혼자 남겨져 있었다.

"고지 군이 일하는 동안 사에 짱은 집에서 혼자 오도카니 있는 거야. 옛날 텔레비전은 자막도 안 나오잖아. 텔레비전을 틀어놓은들 아무것도 모르지 않겠니? 그냥 멍하니 있는 사에 짱이 불쌍했어."

사에코의 일상을 엿본 사치코는 가만히 있을 수 없었다. 긴조에게 사에코와 함께 살면 어떻겠느냐고 제안했다. 그 덕분에 나는 태어나면서부터 줄곧 어머니, 아버지에 더해 할아버지, 할머니와도 함께 살았던 것이다.

"내가 괜한 짓을 한 걸지도 몰라. 그래도 무슨 일이 생기는 건 싫었거든. 어머니랑 아버지랑 함께 지내면 뭐, 잔소리야 좀 많을지도 모르지만 혼자 있는 시간이 없고 안심되잖아."

그 뒤 사에코는 아들을 출산했다. 나였다. 주위 어른들은 '내 귀가 들리는지 안 들리는지' 몹시 걱정했다.

"다이 짱이 태어났을 때, 아버지와 어머니도 큰 소리로 '다이 짱!' 하고 이름을 불렀지. 들리는지 안 들리는지 알고 싶었거든. 나도 몇 번이나 말을 걸었어. 네가 소리에 반응을 하니까 모두가 '이 아이, 들리는구나!'라며 얼마나 기뻐했는지. 잘 들린다고 사에 짱에게도 알려주었어. 그 뒤로 얼마간 아버지는 심심하면 '다이 짱, 다이 짱' 하고 부르곤 했어. 다이 짱은 시끄럽게 느꼈을지도 모르겠다."

사치코의 이야기를 통해 알게 된 사실. 사치코 역시
사에코에게 신경을 쓰고 있었다는 것. 사에코가 결혼하고 한
사람의 어머니가 될 때 사치코는 곁에 있어주었다. 맏이로서의
책임감 같은 감정에서 나온 행동이었을지도 모르겠다.
인터뷰를 끝내고도 시간이 조금 남았기에 나는 이대로
사치코의 집에서 시간을 보내기로 했다. 1층에 딸 아카네가
살고 있대서 불렀다. 아카네는 어린아이와 함께 찾아왔다.
제법 어머니다운 풍모로 변한 아카네를 보며 시간이 얼마나
빨리 흐르는지 깨달았다.

저녁이 되어 나는 유미의 집을 향해 출발했다. 역으로 가는
길에 문득 돌아보니 사치코와 아카네, 아카네의 아이까지
셋이서 내게 손을 흔들고 있었다. 언제까지고.

둘째 유미

유미는 사치코의 집에서 전철로 15분 정도 떨어진 지역에
살고 있었다. 딱 다섯 정거장 떨어진 곳. 유미와 가족들이 사는
맨션은 역에서 조금 먼 곳에 있는 모양이었다. 유미는 일부러
차를 가지고 마중 나오겠다고 했다.

개찰구를 빠져나와 역 앞 로터리로 내려오자 차 한 대가
가까이 다가왔다. 차창이 내려가더니 유미의 얼굴이 나타났다.

"다이 짱, 이쪽이야!"

유미가 나를 불렀다. 유미를 오랜만에 만난 터라 나는 살짝

긴장이 되었다. 하지만 차에 오르자 유미가 "잘 왔어"라며
웃는 얼굴로 반겨주었고, 우리는 곧장 이모와 조카의 관계로
돌아갔다.

현재 민생위원*인 유미는 몹시 바쁘다. 오전 중에는
민생위원 연수가 있다고 한다. 유미는 젊었을 때 간호사로
일했다. 다른 사람들을 위해 일하고 싶어 하는 유미다웠다.

〈유미 짱은 주변 사람들에게 신경을 많이 써. 정말 다정한
언니였어.〉

어머니의 말이 문득 떠올랐다.

유미는 나이가 들어도 다른 누군가를 위해 무언가를 하려
했다. 맨션으로 가는 차 안에서 유미는 몇 번이나 "사에
짱과 나는 말이야, 정말로 사이가 좋았어. 그러니까 뭐든 다
이해해"라는 말을 반복했다. 기분 탓일까. 어쩐지 유미의
목소리는 울먹이는 것처럼 들렸다.

우리가 도착한 곳은 매우 깨끗하고 고급스러운 맨션이었다.
유미가 맨션을 구입한 줄은 알았지만 찾아온 것은 이번이
처음이었다. 깔끔한 성격의 유미답게 실내는 단정하게
정리되어 있었다. 유미는 "바빠서 아무것도 준비를 못 했어.
저녁을 차려주고 싶었는데 미안해"라며 안타까워했다.

거실 테이블에 앉으니 유미가 금방 내린 커피를
가져다주었다. 손에 쥔 컵의 온기를 느끼고 있으려니 유미가
내 앞에 앉았다.

* 지역에서 복지 활동을 하는 공공기관 자원봉사자.

"뭐든 이야기해줄게."

이렇게 인터뷰는 시작되었다.

먼저 사에코의 귀가 들리지 않는다는 것을 알았을 때에
관하여. 사치코에게 물었던 것과 같은 질문을 유미에게도
던져보았다.

"처음에는 말이야, 이웃 사람들이 '이 아이 귀가 안 들리는
거 아니야?'라고 물어본 것이 계기가 되었다나 봐. 불러도
돌아보지 않으니까. 혹시, 싫었겠지? 하지만 부모 입장에서
보면 일단은 예쁠 때니까, 그런 건 사실 크게 신경이 안
쓰이거든. 그래서 다른 사람이 더 정확하게 보는 것도 같아."

사에코의 귀가 들리지 않는다는 걸 유미가 이해하게 된 때는
다섯 살 무렵이었다. 계기는 '통역'이었다고 한다.

"사에 짱이 세 살 때, 아버지와 어머니는 내게 자주 '사에
짱이 뭐라고 하는지 알려줘'라고 말했어. 그래서 내가
통역을 해주었지. 사에 짱이 무슨 말이 하고 싶은지는 내가
전부 이해하니까. 그래서 말이야, 중간에 수어를 배워볼까
생각해보기도 했는데 나는 필요 없겠더라고. 우리는
자매간이니까 통하는 게 있거든. 어른이 되어서도 그래. 다이
짱이 태어난 뒤로도 아버지랑 어머니는 '유미야, 사에 짱이
뭐라고 하는지 모르겠어'라며 자주 물어봤거든? 그때마다
내가 통역을 해주었지. 근데, 같이 살고 있다고는 해도 아버지
어머니가 사에 짱이랑 백 퍼센트 뜻이 통했던가 하면, 그건 잘

모르겠어."

부모가 부탁을 해서 어쩔 수 없이 유미가 통역을 하겠다고
나선 것은 아니었다. 동생의 귀가 들리지 않는다는 것을
알았을 때 유미의 마음속에는 자연스럽게 어떤 생각이 퍼져
나갔다.

"사에 짱을 도와야겠다고 생각했어. 그러니까 통역을 하는
것은 당연한 일이었지. 그뿐만이 아니야. 사에 짱이 어떻게
받아들였는지는 모르지만, 사에 짱이 동네 아이들에게
괴롭힘을 당한 적도 있었거든? 사에 짱이 바깥에서
걸어가는데 못된 동네 아이들이 '바보! 바보!' 하고 놀리는
거야. 내가 그걸 보면, 남자애가 그러든 다른 누가 그러든 '왜
그런 말을 하는 거야! 그건 차별이야!'라며 덤벼들었으니까."

돌이켜보면 유미는 정의감이 매우 강한 사람이었다. 장난
많이 치던 내 어린 시절에 사치코는 나와 함께 놀아주었지만
유미는 그렇지 않았다. 안 되는 건 안 된다고 꾸중하는
편이었다. 유미의 고지식한 성격은 아마 태어날 때부터
그랬으리라. 결과적으로는 그것이 사에코를 '지키는' 일로
이어졌다.

"사에 짱이 바보 취급을 당하면 내가 반드시 지켜주리라
마음먹었어. 하지만……."

유미는 말을 하다가 중간에 멈췄다. 자세히 보니 유미의
눈에는 눈물이 그렁그렁했다.

"유미 짱 괜찮아?"

"괜찮아. 미안. 있잖아, 사에 짱도 엄청 강한 사람이야. 이건
내가 스무 살 넘어서 생긴 일인데, 아버지와 어머니 사이가
안 좋았거든. 그래서 엄청 괴로웠던 때가 있었어. 정말 그때는
죽어버리고 싶었지……."

몰랐다. 유미에게 그런 과거가 있었을 줄은 상상조차 하지
못했다. 어떻게 반응하면 좋을지 몰라 나는 그저 입을 다물고
유미가 이야기를 다시 시작하기를 기다리고 있었다.

"그런데 그때 내 마음을 알아챈 거야, 사에 짱이. '유미 짱은
귀도 들리고 아무 장애도 없는데 왜 죽으려고 해? 나는 귀도
안 들리고 하고 싶은 말도 못 하지만 죽으려고 생각한 적은
한 번도 없단 말이야!'라고 야단을 쳤어. 그 말에 눈이 번쩍
뜨였지. 다시 일어설 수 있었단다. 그러니까 다이 짱의 엄마는
실은 아주 강한 사람이야."

다투기만 하던 긴조와 나에코의 모습이 머릿속에 그려졌다.
그런 부모를 가진 유미가 얼마나 고통스러웠을지……. 가볍게
"나도 알지"라고는 못 하겠다. 하지만 그렇게 힘들 때, 유미를
구원한 것이 어머니가 한 말이었다니. 유미의 이야기에 나는
가슴이 벅차올랐다.

"걱정은 안 했어"

한동안 침묵이 이어졌다. 유미가 엄마를 보호한 것처럼
엄마도 유미를 도와준 것이다. 두 사람의 관계가 결코

일방통행이 아니었음을 알려주는 이 에피소드는 유미에게
보물처럼 소중한 기억이리라. 이 이야기를 듣고 나는 뭐라고
하면 좋을지 몰라 아무 말도 하지 않았다. 어느새 커피는
식어버렸다.

　몇 분이나 지났을까. 조금 전까지만 해도 눈에 눈물이
그렁그렁하던 유미는 웃는 얼굴로 다시 돌아왔다. 그리고
사에코가 농학교에 입학한 후에 어땠는지 이야기하기
시작했다.
　"사에 짱은 농학교에 입학하더니 점점 생기가 돌더라고.
지금 생각해보면 그전까지는 들리지 않았으니 할 수 있는 일에
제한이 있었겠지. 일반 학교에 다닐 때는 선생님이 무슨 말을
하는지 알 수가 없으니 숙제도 못 했고. 하지만 농학교에서는
다른 친구들도 들리지 않으니 조건이 같아지는 거잖아?
모두가 사이좋게 지내고 정말 즐거워했어."
　그런 사에코를 보고 긴조와 나에코는 무슨 생각을 했을까?
유미의 눈에 비친 긴조와 나에코는 "처음부터 농학교에 보낼
걸 그랬다"라며 후회했다고 한다. 그 의견에는 나도 동의했다.
하지만 거기에는 '부모의 복잡한 마음'이 있었다고 한다.
　"만약 초등학생 때 농학교에 입학한다고 해봐. 그러면
기숙사에서 생활해야 하잖아. 그런데 아버지랑 어머니 두
분 다 사에 짱을 정말 좋아했으니까 그렇게 어릴 때부터
떨어져서 지낸다는 건 생각도 못 했을 거야. 부모로서는

괴로운 일이잖아. 거기다가 초등학교에 들어가기 전에 농학교 유치부에 일주일 정도 보낸 적이 있는데 거기서 '이 아이는 일반 학교에 다녀도 괜찮을 것 같아요'라고 했다더라고."

귀여운 딸과 떨어져서 생활하는 쓸쓸함에 더해 농학교 측의 예상치 못한 제안도 있었으니 긴조와 나에코는 사에코를 지역 일반 초등학교에 보내기로 결심했던 것이다. 절대로 사에코를 무시해서 한 결정은 아니었다.

"하지만 사에코에게는 무리한 일이었던 거지. 농학교 중등부에 들어가서 즐겁게 지내는 사에 짱을 보고는 역시 초등부부터 보냈으면 좋았을 거라고 생각했을 거야."

사에코는 농학교에서 청춘을 듬뿍 누렸다. 고지도 거기서 만났다.

"사에 짱은 말이야 항상 고지 군을 좋아했대! 게다가 그때 고지 군이 육상부 선수였는데 발도 빨랐고 미우라 도모카즈*랑 닮았다고 호들갑을 떠는 사람들도 있었나 봐. 모두에게 인기가 많았나 보더라고. 그중에서 사에 짱의 마음이 전해진 거지. 고등학교 때 둘이 사귀게 됐거든. 그러더니 졸업하기 전에, 둘이 집에서 도망을 갔지."

어머니와 아버지가 '사랑의 도피'를 한 적이 있다는 건 알고 있었다. 언젠가 할머니가 내게 이야기를 해주었으니까. 집을 나간 장본인들한테서 들은 이야기가 아니었으니 왜 집을 나갔는지 정확한 이유는 알 수 없었지만, 막연한 이미지

* 일본의 유명 배우. 사에코가 학교를 다니던 시절 청춘 스타였다.

정도는 가지고 있었다.

아마도 농인끼리의 결혼을 허락해주지 않아서였겠지?
그렇다면 결혼을 고려할 나이였을 테니 '사랑의 도피'는
적어도 스무 살은 넘어서 한 일이 아닐까 생각했는데,
고등학교 졸업도 하기 전의 일이라니……

"사에 짱은 1년 늦게 초등학교에 들어갔어. 그러니까
고등학교 졸업 전이라고는 해도 열아홉 살이긴 했지.
그래도 아직 스무 살도 안 된 건 맞네. 아침에 '학교
다녀오겠습니다' 인사하고 평범하게 집을 나간 사에 짱이
밤이 되어도 돌아오지를 않는 거야. 얼마나 걱정했는지
몰라. 다들 필사적으로 찾아다녔어. 그랬는데 글쎄, 이와테현
가마이시에서 두 사람을 찾은 거지."

졸업을 기다릴 수 없었던 두 사람은 집을 나갔다. 웬만큼 큰
이유가 아니고서는 그런 일을 저지를 리 없었을 것이고, 아마
각오도 단단히 했으리라.

"자세한 이야기는 아예 안 들었어. 내 마음속에서 그 일
자체를 금기시하고 있었거든. 아버지와 어머니는 사이가 안
좋지, 여러 가지 싫은 일도 많았을 거야."

"혹시 농인끼리 사귄다는 이유로 반대한 거야?"

'그럴 리가 없잖아'라고 말하듯 유미는 크게 고개를 저었다.

"고지 군의 귀가 들리지 않는 것에 대해서는 개의치 않았어.
고지 군의 가정사가 복잡했으니 쓸쓸했겠구나 하는 생각은
했지만. 고지 군은 사에 짱을 만나러 집에 매일 찾아왔어.

그러면 어머니가 저녁식사를 준비해주고 모두 함께 저녁을 먹었지. 그게 정말 즐거웠을 거야. 고지 군은 진짜 매일 놀러 왔으니까. 나랑 어머니는 그런 고지 군을 몹시 귀여워했고 말이야."

그러니까 유미는 결국에는 두 사람이 결혼을 하리라 여겼기에 그들의 미래를 자연스럽게 응원하고 있었단다.

"두 사람의 결혼에 반대한다니, 그런 생각은 해본 적도 없지. 고지 군도 정말 좋은 아이였고. 둘이 결혼해서 분가를 하게 되었을 때도 걱정하지 않았어. 고지 군과 함께 있으면 아무 문제없다고 생각했으니까."

유미는 그랬지만 신혼 시절 두 사람의 생활을 누구보다 걱정하던 이가 있었다. 바로 긴조였다. 긴조는 틈만 나면 둘이 사는 아파트를 찾아갔다. 그런데 어느 날, 긴조의 가슴을 찢어놓는 사건이 일어났다.

"여느 때처럼 아버지가 아파트를 찾아가서 초인종을 눌렀대. 그런데 사에 짱이 나오지를 않더라는 거야. 도저히 기다리지 못한 아버지가 창문으로 안을 들여다보니까 사에 짱이 열심히 화장을 하고 있었대. 소리가 들리지 않으니 아무리 초인종을 눌러도 반응이 없는 거지. 결국 아버지는 포기하고 집으로 돌아와서는 '이게 바로 들리지 않는다는 것이구나'라고 중얼거렸어. 엄청나게 슬픈 얼굴을 하고 말이야. 그때의 아버지 표정은 지금도 잊히지 않을 정도야. 그 일이 있고 나서 결국 함께 살아야겠다고 마음먹은 모양이야."

통역자로서

사에코가 부모와 동거를 시작한 계기는 '나'였다. 사치코의
제안과 긴조가 몸소 체험한 '딸의 귀가 들리지 않는다는
사실'이 만나, 임신 중이던 사에코는 고지와 단둘이 살던
센다이의 아파트를 떠나 고향 시오가마로 돌아왔다.

얼마 지나지 않아 사에코는 출산을 했다. 산부인과 병원으로
옮겨진 사에코 옆을 밤새도록 지킨 사람은 다른 누구도 아닌
유미였다. 진통으로 괴로워하던 사에코의 손을 쥐고 유미는
의사와 간호사의 말을 통역했다. 이는 어린 시절부터 늘
사에코 옆에 있던 유미, 간호사 경험이 있는 유미만이 할 수
있는 일이었다.

"그런데 말이야, 네가 정말로 안 나오는 거야. 너무 피곤해서
내가 막 졸기 시작했지. 그랬더니 사에 짱이 '아니, 나는
배가 아파서 죽겠는데 언니는 아주 잘도 자네?'라면서 화를
내더라고."

임신과 출산을 주제로 한 만화 『코우노도리』*에는 어머니와
마찬가지로 선천적 농인인 임산부가 등장하는 에피소드가
있다. 만화 속 등장인물들은 필담이나 간단한 수어를 이용해
임산부와 소통을 해나간다. 그렇다. 출산할 때는 당연히
의사, 간호사와 협력해야 한다. 자, 그렇다면 어머니는 대체

* 아이를 가져다주는 새라고 여겨지는 고우노도리(황새)에서
이름을 딴 만화로 산부인과를 배경으로 생명 탄생의 현장에서
벌어지는 여러 가지 에피소드를 다룬다. 같은 제목의 드라마로도
제작되었다. 만화와 드라마 모두 한국에서 '코우노도리'라고
소개되었기에 그렇게 옮겼다.

어떻게 소통했을까? 만화에서 이 에피소드를 읽었을 때도
궁금했는데, 유미의 이야기를 듣고는 의문이 풀렸다.

"결국 제왕절개를 하게 되었어. 사에 짱도 '이제 아파서 어쩔
수가 없으니 얼른 수술해주세요!'라고 하기도 했고. 의사도,
간호사도 모두 웃었지. 너는 그렇게 태어난 거야, 다이 짱."

물론 그 자리에는 가족이 전부 와 있었다. 나에코는 나를
보고 "고지 군을 쏙 빼닮았네. 사에 짱을 닮았어도 좋았을
텐데"라며 웃었고, 내 아버지 고지는 "아아, 내 아들이다!"라며
감동했다고 한다.

"며칠 지나서 너는 우리가 '다이 짱'이라고 부르면 방글방글
웃으며 반응을 했어. 아아, 들리는구나 싶었지. 물론 그보다는
일단 무사히 태어나줘서 무엇보다 다행이었지. 사에 짱이
얼마나 기뻐했는데. 사에 짱에게 다이 짱은 '목숨' 같은 존재야.
자기가 하지 못한 것은 뭐든지 해주겠다고 생각하고 있었거든.
다이 짱한텐 거의 화도 안 냈잖아?"

분명히 어머니는 별로 화를 내지 않는 사람이었다. 장애에
대해 내가 아무리 심한 말을 해도 어머니는 희미하게 웃으며
〈미안해〉라고만 했다.

"다이 짱이 이렇게 책을 쓰는 사람이 되기 전에, 아직
프리터*였을 때에도 '정말 아무 문제도 없을 거야'라며
믿어주고 줄곧 응원해주었으니까."

그러더니 유미가 중얼거리듯 말했다.

"다이 짱은 부러울 정도로 사랑을 받았어."

---

* 아르바이트 등 정규직 이외의 형태로 일하며 생계를 유지하는
사람.

"사랑을?"

"그럼. 들리지 않는 사에 짱에게는 어려운 일들, 예를 들어 학교 선생님과 면담을 할 때면 우리 어머니가 딸을 대신해서 선생님을 만나주었잖아? 사에 짱뿐만 아니라 어머니한테도 다이 짱은 사랑스러운 아이였어. 내 입장에서는 무척 부러웠지. 나는 세 자매 중에 둘째로 태어나서 누가 무릎 위에 올려놓고 안아준 기억이 없거든. 내가 두 살 때 사에 짱이 태어났으니까 아버지랑 어머니는 사에 짱만 예뻐해주었지. 난 그런 경험이 없었으니 주변 사람들에게 다 사랑받는 사에 짱과 다이 짱이 부러웠어."

그런 유미의 마음속에 어머니 사에코에 대한 질투 같은 것은 없었을까?

"그런 건 전혀 없었어. 나도 사에 짱이 사랑스러웠고. 무엇보다 사에 짱은 마음이 고왔어. 항상 너무나 좋아하는 내 동생이지."

지금 생각해보면 유미는 교다이지*에 해당한다. 교다이지는 장애가 있는 아이의 형제자매를 뜻한다. 더욱이 유미는 어린 시절부터 들리는 가족과 들리지 않는 여동생 사이에서 통역을 해왔다. 본래는 어른이 짊어져야 할 가족의 뒷바라지와 간호를 어린이였을 때부터 수행하며 '영 케어러young carer'로 살아온 것이다.

얼마나 커다란 부담이었을까.

---

* 질병이나 장애가 있는 사람의 비장애인 형제자매로, 장애인 당사자도 아니고 그 부모도 아닌 위치에서 겪는 비슷한 경험을 공유한다. 그 가운데 농인의 청인 형제자매는 소다SODA(Sibling of Deaf Adults)라고 한다.

"유미 짱, 고마워."

"인사 같은 거 안 해도 돼. 대단한 이야기도 아닌걸."

유미가 인터뷰에 대한 감사 인사라고 착각한 걸 알면서도
나는 어쩐지 겸연쩍어서 그게 아니라고 말하지 못했다.

유미의 인터뷰가 끝날 무렵 유미의 남편, 즉 이모부인
야스후미가 집에 돌아왔다. 시곗바늘은 7시를 가리키고
있었고 바깥은 완전히 깜깜했다. 이제 그만 가보겠다고 하니
야스후미가 역까지 바래다주겠다고 했다. 일 이야기를 하면서
역까지 함께 걸어간 이모부와 나는 개찰구 앞에서 헤어졌다.
부모님 집으로 가는 전철을 타고 하루 종일 일어난 일을
반추하면서 기분 좋게 흔들리는 전철에 몸을 맡겼다.

부모님 집에 도착하니 아버지와 어머니가 텔레비전을
보면서 웃고 있었다. 뒤에서 어깨를 두드리자 소스라치게
놀랐다. 생각보다 빨리 돌아와서 놀란 모양이었다. 어머니가
차려준 저녁밥을 먹으면서 사치코와 유미에게 들은
이야기를 전했다. 어린 시절 사치코와 유미가 무엇을 보고
있었는지, 무슨 생각을 했는지 알게 된 어머니는 그리운 듯
눈을 가늘게 떴다. 몹시 기뻐하는 듯 보였다.

목욕을 한 후 어머니와 잡담을 했다. 이때도 이모들이
해준 이야기를 들려주었다. 어머니는 〈맞아, 맞아〉,
〈그런 일도 있었지〉라며 고개를 끄덕였다. 어머니는 내

눈앞에서 어린 시절 세 자매의 추억을 그리워하며 미소 지었다.

세 사람의 관계 속에는 내가 모르는 또 다른 일이 많을 것이다. 사치코와 유미를 인터뷰하면서 이 점을 통절하게 느꼈다.

3장 모교로

지역의 일반 초등학교에 입학한 사에코의 주위에는 귀가
들리는 사람들밖에 없었다. 들리는 교사, 들리는 반 친구들.
다행히도 그들 대부분은 사에코에게 친절하게 대해주었다.
그래도 소통의 벽은 있었다.

귀가 들리지 않는 사에코는 다른 사람들이 무슨 말을 하는지
이해할 수 없었다. 당연히 공부도 할 수 없었다. 그런 모습을 본
긴조와 나에코는 사에코를 농학교에 진학시키기로 결심했다.

유미는 사에코가 농학교에 진학한 뒤 생기가 넘쳤다고 했다.
거기서 얼마나 즐겁게 지냈는지 옆에서 보기만 해도 알아챌 수
있을 정도였다고.

그렇다면 어머니의 반평생을 알기 위해서는 농학교를
취재해야 하지 않을까. 어머니가 다녔던 미야기현립농학교는
이제 이름이 바뀌어 미야기현립청각지원학교가 되었지만
여전히 예전 그 자리에 있었다. 학교 운동장의 커다란 벚나무
사진이 걸려 있는 홈페이지를 보았을 때 이곳이 정말 좋은
환경을 제공하는 학교라는 걸 직감했다.

2021년 11월 나는 기도하는 마음으로 취재 의뢰서를 썼다. 내
어머니가 농학교에서 얼마나 많은 도움을 받았는지, 그래서
그곳이 어머니에게 얼마나 특별한 추억의 장소인지를 적고,
그러니 학교를 직접 방문해 취재하고 싶다는 나의 바람을
담았다.

교감인 다카조 구니히로 씨(다카조 씨는 전근을 가서 지금은

다른 사람이 교감을 맡고 있다)에게서 회신이 왔다.

"저희가 도울 수 있는 일이 있다면 기꺼이 힘을
보태겠습니다."

드디어 어머니의 모교를 취재하게 되었다.

입학 —— 수어와의 만남

농학교 취재를 이틀 앞둔 어느 겨울날 아침, 도쿄.
일어나자마자 서둘러 원고 하나를 마친 나는 도쿄역으로
향했다. 부모님 집에 도착하고 보니 이미 저녁 7시가 지났다.
어머니와 아버지가 반갑게 맞아주었다.

언제나 그렇듯이 저녁 식사는 회와 해초가 들어간
된장국이었다. 연습 삼아 만들어보았다는 문어 카르파초*가
생각보다 맛있었다. 얇게 썬 양파와 무순의 깔끔한 매운맛이
담백한 문어와 잘 어울렸다.

이번 취재를 계기로 나는 예전보다 훨씬 자주 부모님 집을
방문했다. 당연하게도 어머니가 만들어주는 음식도 자주
먹었다. 그때마다 느끼는 것은 어머니가 만든 음식을 내가
정말로 좋아한다는 사실이었다. 적당히 잡담을 마무리하고
방으로 들어가 취재 준비를 했다.

다음 날은 오전부터 비가 내리기 시작했다. 세차게 내리지는
않았지만 비가 지붕을 두드리는 소리가 들렸다.

---

* 얇게 저민 날생선 등을 레몬과 올리브유, 양파 등과 함께 먹는
전채 요리.

〈비 와.〉

내 말에 놀란 어머니는 당황해서 빨래를 걷으러 갔다. 비가
오기 시작하면 항상 이렇게 어머니에게 이야기해주던 어린
시절이 떠올랐다. 뿐만 아니다. 어머니는 들을 수 없으니
전기밥솥에서 들려오는 '취사 완료를 알리는 소리'와 '냉장고
문이 열려 있다는 경고음'도 매번 내가 알려주어야 했다.
그러면 어머니는 항상 〈가르쳐줘서 고마워〉라고 했다.

분주하게 여기저기 뛰어다니는 어머니가 겨우 한숨을
돌리는 때를 기다렸다가 다음 날 취재하러 가게 된 곳을
알려주었다.

〈실은 내일 엄마가 다니던 농학교에 취재하러 가.〉

〈그래?!〉

예상하지 못했는지 어머니는 깜짝 놀랐다.

〈그래서 그러는데, 엄마 농학교 시절이 어땠는지 좀
물어봐도 돼?〉

어머니는 반갑게 고개를 끄덕였다.

먼저, 입학할 무렵에 관해 물어보았다.

〈아버지 차를 타고 어머니도 함께 센다이에 있는 학교로
견학을 갔어. 거기서 선생님과 면담을 했는데, 선생님이 "이
아이는 책을 읽을 수 있습니까?"라고 물었어. 그러자 어머니가
"못 읽어요"라고 대답한 것 같아. 그 뒤에도 한동안 이야기를
나누었는데 무슨 이야기를 했는지 솔직히 내용은 하나도 몰라.

하지만 결국 중등부에 들어가기로 했지.〉

왜 굳이 센다이에 있는 학교까지 다녀야 하는지 당시의
사에코는 이해하지 못했다. 사이좋게 지내던 친구들과도
헤어져야 했다. 쓸쓸한 마음이 들었다.

〈하지만 농학교를 둘러보는 동안 학생들이 손을 움직여
대화하는 모습을 보고 정말 깜짝 놀랐어. 다들 귀가 안
들리는구나. 나도 안 들리는데. 우리 모두 같은 처지구나
싶었지.〉

사에코가 처음으로 '수어'를 만난 순간이었다.

요코자와 씨와 오누마 선생님

입학하고 나서 한동안은 매일 아침 나에코와 함께 등교했다.
나에코는 전철과 버스를 갈아타면서 한 시간 이상 걸리는
등굣길을 어떤 순서로 가야 하는지 반복해서 가르쳐주었다.
그렇게 통학에 익숙해지자 사에코는 혼자서 농학교에 다니게
되었다.

동급생은 열다섯 명 정도. 한 반은 일고여덟 명 정도로
구성되었고, 한 학년에는 두 반이 있었다. 동급생이라고는
해도 다들 나이는 달랐다. 사에코도 초등학교 입학 자체가 1년
늦어서 친구들보다 한 살이 많았지만, 농학교에서 사에코가
들어간 반에는 세 살 많은 학생도 있었다. 모두 각자의 사정이
있어서 진학이 늦어졌으리라.

유치원, 초등부부터 농학교를 다닌 학생들도 있었다. 그런 학생들은 모두 하나같이 수어를 잘했다. 당시 사에코는 수어를 못 했지만, 그렇다고 해서 학급에서 고립된 것은 아니다. 수어를 잘하는 반 친구가 기꺼이 가르쳐주었기 때문이다.

〈특히 열심히 가르쳐준 사람은 옆자리의 요코자와라는 여학생이었어. 나를 기억하고 있었는지 '오랜만이야'라고 말을 걸어주었어. 요코자와 씨에게 수어를 많이 배웠지.〉

처음에는 일상생활에서 사용하는 기본적인 단어를 하나씩 배웠다. 구두, 화장실, 학교, 친구……. 모르는 표현이 있으면 요코자와 씨에게 물어보았다. 그러면 요코자와 씨는 눈앞에서 천천히 손을 움직이면서 가르쳐주었다.

어느 날 하굣길에 버스 안에서 선배가 말을 걸었다. 그전까지는 멋지게 대답을 못 했지만, 그날은 공부한 수어로 유창하게 대답해 보였다.

〈너, 수어를 할 수 있게 되었니?〉

눈을 동그랗게 뜬 선배에게 사에코는 득의양양하게 〈친구가 가르쳐주었어〉라고 했다.

어머니는 농학교 시절 이야기를 차례차례 들려주었다. 아주 먼 옛날의 이야기였지만 분명 소중한 추억이리라. 하나를 이야기하면 꼬리에 꼬리를 물고 다른 이야기도 딸려 나왔다.

〈나는 주사 맞는 게 싫었거든. 예방접종이 있으면 그날은 일부러 학교에 안 가기도 했어. 그런데 요코자와 씨가 '안

아프니까 괜찮아'라고 알려주더라고. 그래도 무서워하니까
요코자와 씨가 내 팔을 꼬집으면서 '이 정도니까 괜찮아'라고
하는 거야. 근데 너무 세게 꼬집어서 진짜 너무 아팠어. 둘이서
폭소를 터뜨렸지.〉

어머니는 추억을 떠올리며 웃었다. 눈에 눈물이
그렁그렁해질 때까지 웃어서 그것만 보아도 어머니가
요코자와 씨와 얼마나 즐거운 나날을 보냈는지 알 수 있었다.

사에코는 달리기를 잘했다. 운동회 때는 마라톤에서 2등을
했는데 요코자와 씨가 1등을 했다고 한다. 요코자와 씨는 발이
너무 빨라서 사에코가 아무리 노력해도 따라잡을 수 없었다.
다들 〈빨리 달린다〉라고 칭찬을 했지만, 사에코는 요코자와
씨를 이기지 못해 속상했다고 한다. 요코자와 씨는 사에코의
좋은 라이벌이기도 했던 것이다.

기대했던 수학여행에 문제가 생기기도 했다. 매년 도쿄로
수학여행을 갔는데 하필 전년도에 사고가 나는 바람에
사에코의 학년부터는 수학여행지가 아키타로 바뀌었다.

〈도쿄에 간다고 다들 얼마나 많이 기대했는데. 엄청
실망했지. 모두 "짜증 나!"라며 화를 냈어. 하지만 아키타도
가보니 정말 좋은 곳이었어. 이틀 밤을 묵으면서 추억을 많이
만들었지.〉

어머니의 이야기를 듣고 있으면 어머니의 청춘이
부러워진다. 솔직히 내 학창 시절에는 그다지 좋은 기억이

없다. 물론 나 같은 사람은 상상조차 할 수 없을 정도로 어머니에게는 어머니 나름의 고충이 있었을 것이다. 그럼에도 불구하고 눈을 가늘게 뜨고 학창 시절을 추억하는 어머니를 보고 있으면, 어머니는 정말로 풍요로운 청춘을 보냈구나 싶어 부러운 마음이 들었다.

어머니는 은사의 이름을 알려주었다.

〈중등부 국어 선생님이 정말 좋은 분이셨어. 아직도 기억이 나.〉

〈이름도 기억해?〉

〈응, 오누마 선생님.〉

〈지금도 계실까?〉

〈아니, 이제 미야기에는 안 계실 거야. 다른 선생님은 거의 기억나지 않는데 오누마 선생님은 아직도 기억하고 있어.〉

농학교에 들어간 사에코는 일반 학교에서 배울 수 없었던 초등 과정부터 다시 배우게 되었다. 학생 몇 명과 함께 특별 교실에 모여 열심히 공부했다. 뒤처진 부분을 따라잡기란 쉬운 일이 아니었다. 하지만 마음이 즐거웠으니 열심히 공부할 수 있었다. 사에코는 무엇보다 점심시간에 오누마 선생님과 나누는 이야기가 재미있었다고 했다.

〈급식을 먹으면서 오누마 선생님과 여러 가지 이야기를 했어. 오누마 선생님은 귀가 들리는 사람이지만 수어를 섞어가면서 천천히 이야기를 해줬거든. 그래서 들리는

사람과는 이렇게 말하면 되는구나 하고 알게 되었어. 그
후로는 아버지, 어머니와도 이야기할 수 있게 되었지.〉

귀가 들리는 오누마 선생님의 세심한 배려 속에서 소통을
거듭한 덕분에 사에코는 드디어 '말'을 알게 되었다. '농인에게
수어가 있는 것처럼 청인에게는 음성 일본어가 있다, 청인은
음성 일본어를 사용해 대화를 한다, 농인과 청인이 사용하는
말에는 차이가 있지만 그 차이를 이해하면 소통할 수 있다.'
이러한 깨달음은 '말이라는 개념'의 획득에 가까웠으리라.

어머니에게 소중한 깨달음을 준 오누마 선생님을 언젠가
나도 만나 뵐 수 있을까. 그런 기대를 가슴에 품고 일찍
잠자리에 들었다. 다음 날 있을 농학교 취재를 위해서였다.
얼른 잠이 들기를 바랐지만 밤늦도록 잠을 이루지 못했다.

미야기현립청각지원학교

아침에 일어나 보니 날씨가 좋았다. 일단 안심이었다.
어머니가 다니던 농학교, 즉 미야기현립청각지원학교로
취재를 간다. 오후 3시 30분부터 약 두 시간 동안 농학교 교내
견학과 인터뷰 협조를 허가받은 터였다.

취재 직전에는 언제나 긴장하지만, 이날은 괜히 더
긴장되었다. 실패하면 안 된다는 압박감 때문은 아니었다.
그보다는 어머니와 아버지가 다니던 학교를 방문한다는

사실이 주는 감동과 흥분이 컸기 때문인 것 같다. 좀처럼
흥분이 가라앉지 않았다. 나갈 준비를 끝내고 출발 시간이 될
때까지 어머니와 잡담을 하며 시간을 보냈는데 그때도 나는
안절부절못하고 있었다.

　어머니가 농학교를 다니던 시절에는 전철에서 내려 버스로
갈아타고 가야 했지만 지금은 학교 근처까지 전철이 뚫렸다.
그래도 학교까지는 한 시간 정도 걸린다. 처음 가는 곳이니 좀
일찍 집을 나섰다.

　센다이역에서 센다이공항 액세스선으로 갈아타고 학교에서
가장 가까운 역인 나가마치역에 내렸다. 나가마치역 근처에는
이케아가 있었다. 곧 이온몰*도 생긴단다. 근처에 사는 친구
말에 따르면 나가마치역은 아이가 있는 가족들이 살기에
매우 편한 지역이라고 한다. 역에서 학교까지는 도보로 15분
정도라고 했지만 나는 들뜬 기분을 가라앉히기 위해 학교
쪽으로 천천히 발걸음을 옮겼다. 자동차가 끊임없이 오가는
커다란 도로를 따라 걷다가 드디어 작은 골목길에 접어들자
학교 부지가 눈에 들어왔다.

　미야기현립청각지원학교의 역사는 메이지
35년(1902년)까지 거슬러 올라간다. 처음에는
미야기현사범학교 부속소학교의 '아생부唖生部'로 개설되었다.
그 뒤로 몇 차례 명칭과 조직이 바뀌었다. 어머니가 다니던
쇼와 40년대(1965~1974년)에는 미야기현립농聾학교라고
불렸다. 그 뒤 쇼와 56년(1981년)에는 미야기현립농ろう학교로,

　　　　* 일본의 종합 쇼핑몰.

헤이세이 21년(2009년)에는 미야기현립청각지원학교로
이름이 바뀌었다.

정문에 도착해 학교 안으로 들어갔다. 하교 시간이었던
모양이다. 집에 가려고 학교를 나서는 아이들이 차를 타고
내리는 곳 앞에 모여 수어로 수다를 떨고 있었는데, 그 모습이
아주 즐거워 보였다. 먼 곳에서 통학하는 아이들을 데리러
온 보호자*인지 차 안에서 대기하는 어른들 모습도 보였다.
그러고 보니 정문에 들어서자마자 바로 기숙사가 있었다.

초등부로 입학한다면 기숙사 생활을 해야 했다. "아버지랑
어머니 두 분 다 사에 짱을 정말 좋아했으니까 그렇게 어릴
때부터 떨어져서 지낸다는 건 생각도 못 했을 거야"라던
유미의 말이 떠올랐다. 초중고 모두 도보로 다닐 수 있는
학교를 자유롭게 골라 진학할 수 있었던 내 어린 시절과 당시
어머니가 처했던 상황이 얼마나 달랐는지 분명하게 알 수
있었다.

내빈용 출입구에서 방문 접수를 마치자 다카조 구니히로
교감 선생님이 나를 맞이했다. 교감 선생님은 매우 온화한
인상의 50대 청인이었다. 교감 선생님은 먼저 나를 교장실로
데려갔다. 교장 선생님도 마찬가지로 50대 청인이었다. 히구치
미호 교장 선생님과 인사를 나눈 후 내가 다시 한번 취재의
목적을 말하자 교장 선생님은 이렇게 말했다.

"이 학교 졸업생의 아드님을 이렇게 만나 뵙게 되어 정말로

---

* 일본에서는 '학부모'라는 말 대신에 '보호자'라는 말을 주로
사용한다. 혹은 '집에서 같이 사는 사람お家の人'이라고도 한다.

반갑습니다. 힘이 닿는 데까지 협조하겠습니다."

교장 선생님이 환대해준 덕분에 나는 일단 안심했다.
인터뷰라는 비일상적인 업무를 이분들에게 강요하여 폐를
끼치는 건 아닌지 내심 걱정되었기 때문이다.

"저기, 그런데 어머니가 이 학교를 다닐 때 오누마
선생님이라는 분께 도움을 많이 받았다고 하시던데요. 혹시
그분을 아시나요?"

이야기를 나누던 중에 어머니의 은사 오누마 선생님의
이름을 꺼내자, 교장 선생님과 교감 선생님은 얼굴을 마주
보며 크게 놀랐다.

"오누마 선생님이라면 혹시 그 오누마 나오키 선생님
말씀일까요?"

"그럴지도 모르겠네요!"

구체적으로 물어보니 오누마 선생님은 교육학의
일인자이며 바로 얼마 전에도 강연을 하러 학교에
다녀가셨다고 한다. 교장 선생님은 이런 말씀도 하셨다.

"가능하다면 저도 오누마 선생님께 배우고 싶었을
정도입니다."

거절당해도 괜찮다는 심정으로 오누마 선생님을 취재할
수 있을지 물어보았다. 가능하다면 어머니의 은사를
만나보고 싶었으니까. 그러자 히구치 교장 선생님은 흔쾌히
승낙해주었다.

"제자의 아들을 만난다면 오누마 선생님도 반가워하실

거예요."

그 뒤 선생님 한 분을 소개받았다. 농인 어린이와 청소년을 지도하는 나카무라 에이코 선생님이었다. 현재 40대인 나카무라 선생님은 10대의 대부분을 이 학교에서 보낸 졸업생이기도 했다. 교사의 입장에서도, 학생의 입장에서도 학교를 잘 알고 있기 때문에 이번 취재에 응하기로 했다고 한다. 몹시 감사한 일이었다. 먼저 교내 견학부터 하기로 했다.

작은 교실

교장실 앞 복도에는 농학교의 역사를 보여주는 옛날 사진이 몇 장 시대순으로 걸려 있었다. 이 흑백 사진들을 보고 있으니 신기하게도 어머니와 아버지가 이곳에서 보냈을 학창 시절이 보다 구체적인 이미지로 다가왔다.

미야기현립청각지원학교는 유치부부터 전공과까지로 나뉘어 있어 다양한 세대의 학생들이 함께 다닌다. 어머니가 다니던 시절에는 피복과, 금속공업과, 산업공예과, 이용과 코스가 있어서 학생들은 각자의 희망에 따라 화재和裁*, 양재洋裁, 도장, 목공 등을 배웠다. 어머니는 화재와 양재를, 아버지는 목공을 전공했다. 지금은 농학교를 졸업한 뒤에 전문과가 아니라 대학으로 진학하는 사람도 있다고 한다.

〈고등부에 진학한 후로는 전문적으로 무엇을 배울지 선택하게 되는데 나는 화재와 양재 두 개를 선택했어.

* 일본 전통 의상인 기모노를 만드는 재봉일.

재봉틀로 옷을 만드는 거야. 학교에서 만든 옷을 집에 갖고
와서 아버지, 어머니 앞에서 입었더니 '잘했구나'라고 칭찬을
받았지. 내가 되게 잘한다고 생각은 안 했지만 그래도 정말
즐거웠어.〉

　어머니는 이 학교에서 옷 만드는 법을 배웠다고 했다.
돌이켜보니 어머니는 솜씨가 좋았다. 어렸을 때 어머니가
열심히 조화를 만드는 모습을 자주 보았다. 어머니는 종이와
바늘을 사용해 색색의 꽃을 만들었다. 그렇게 만든 작은
꽃다발을 이웃 사람들에게 나누어 주었다. 분명 어머니는 옷도
잘 만들었을 것이다.

　그동안 이루어진 보수 공사로 농학교 내부는 부모님이
다니던 쇼와 시절과는 많이 달라졌다고 한다. 하지만 교실을
하나하나 살펴보며 다니다 보니 당시의 이미지가 어렴풋하게
그려졌다. 작은 교실 안에서 반 친구들과 수어로 수다를 떠는
어머니의 모습이 눈에 선했다.
　아직 학교에 남아 있던 아이들이 때때로 나를 스쳐
지나갔다. 아이들은 모두 내게 수어로 인사했고, 나도 수어로
인사했다.
　가장 마지막에 들른 곳은 구화를 가르치는 교실이었다.
칠판에는 입 모양별로 발음을 설명하는 일러스트가 붙어
있었다. 여기서 어린이들이 구화 연습도 한다고 했다. 처음
보는 광경이었기 때문에 솔직히 놀라고 말았다.

"저…… 이 학생들은 수어를 사용하지 않습니까? 구화가
중심인가요?"

그러자 다카조 교감 선생님이 조금은 복잡 미묘한 표정을
지으며 말했다.

"물론 수어를 사용합니다. 하지만 보호자가 구화 지도를
원하면 구화를 가르치기도 합니다."

보호자가 구화를 가르쳐달라고 한다고? 그러니까 들리지
않는 아이들이지만 "조금이라도 음성으로 말할 수 있으면
좋겠습니다"라고 원하는 보호자들이 있다는 것이다. 물론
각 가정에서 치열하게 고민한 결과일 것이다. 남의 집 교육
방침에 왈가왈부할 자격이 없다는 것쯤은 나도 잘 알고 있다.
그럼에도 복잡한 기분이 되지 않을 수 없었다.

견학이 끝난 뒤 다카조 교감 선생님, 그리고 나카무라
선생님과 잠시 이야기를 나눌 수 있었다.

진학과 관련된 선택

어머니는 당신이 다니던 때에는 한 학년에 학생이 열다섯
명 정도 있었다고 했다. 그 사실을 다카조 교감 선생님에게
알리자 선생님은 깜짝 놀란 표정을 지었다.

"정말 많았네요."

이어서 나카무라 선생님이 농학교 학생 수의 변화를 상세히
설명해주었다.

〈학생이 가장 많았던 때는 쇼와 22~25년(1947~1950년) 즈음입니다. 제가 다니던 때는 동급생이 열 명에서 스무 명가량이었습니다. 하지만 지금은 많이 줄었어요. 평균을 내면 한 학년에 일곱 명 정도입니다.〉

들리지 않는 아이들이 줄어들었다는 뜻은 아니었다.

〈인공와우 수술을 받고 지역의 일반 학교에 다니는 학생들도 있거든요. 선택지가 늘어난 결과라고 생각해요.〉

다카조 선생님이 이야기를 이어갔다.

"보청기나 인공와우 수술이 크게 발전했어요. 음성언어를 획득하지 못한 채 나이를 먹는 사람은 점점 감소하는 추세입니다. 본래 가진 청력이 청각지원학교 입학 기준에 부합하더라도 인공와우 수술을 받고 지역의 일반 학교로 진학하는 선택지가 새로 생겨난 것이죠."

반대로 청각지원학교를 선택하는 사람도 있다.

"여러 가지 이유를 들 수 있겠습니다만, 데프 패밀리Deaf family(가족 구성원 모두가 농인인 가정)의 어린이는 아무래도 청각지원학교를 많이 선택하게 되지요."

청각지원학교에 보낼지, 아니면 집 근처의 일반 학교에 보낼지를 결정할 때 고민하는 지점은 당연히 각 가정마다 다르다. 농학교에는 아이의 진학과 관련하여 보호자가 고민하지 않아도 될 만큼 모든 것을 해결해줄 시스템이 준비되어 있다고 한다.

"예를 들어 우리는 상담센터를 운영하고 있습니다.

보호자와 연계하여 어떤 방식으로 아이를 키워나가면
좋을지를 함께 고민하지요. '아이의 귀가 들리지 않음'을
알게 되었을 때 보호자의 마음을 감히 어찌 헤아리겠습니까.
고민하다가 고립되고 마는 경우도 있습니다. 그래서 우리는
그런 보호자들이 서로 소통할 수 있는 공간도 준비하고
있습니다."

나카무라 선생님이 덧붙였다.

〈특히 들을 수 있는 보호자들은 정말 많이들 당혹스러워
하십니다. 그렇기 때문에 저는 더욱더 제 모습을 보여드리며
"들리지 않아도 걱정할 필요 없습니다. 괜찮아요"라고 전하고
있어요. 들리지 않는 당사자로서 체험한 이야기를 말씀드리면
모두 안심하시죠. 그리고 저는 어린이들의 미래가 밝은
방향으로 뻗어나가면 된다고 말씀드리고 있어요.〉

어머니는 일반 초등학교를 다니는 동안 음성으로
이루어지는 수업을 따라갈 수 없었다. 그래서 중학교 때부터
농학교로 옮겨서 다니게 되었다. 지금도 그런 아이들이
있을까?

"있지요. 어디 그뿐입니까. 유치원은 이곳을 다녔지만,
초등학교와 중학교는 지역 일반 학교로 옮겼다가 다시
고등부로 돌아오는 경우도 있습니다. 우리 입장에서는 당연히
이리로 오면 제일 좋지요. 하지만 만약 지역 일반 학교에서
배울 기회가 있다면, 그것도 존중하고 싶습니다. 일반 학교는
학생 수도 많기 때문에 큰 집단과 접할 수 있는 기회가

되니까요. 아무튼 우리가 학생과 보호자에게 '선택지'를
제시할 수 있는 존재가 되면 좋겠습니다. 그리고 우리는 우리
학교로 돌아온 학생들을 소중하게 생각합니다."

학생과 보호자의 생각을 존중하는 한편 언제든지 돌아오면
받아주는 곳으로 존재하고 싶다는 마음. 그것이 이 학교의
입장이다.

'구화'에 관하여

내가 어떤 질문을 해도 다카조 교감 선생님과 나카무라
선생님은 진지하게 대답해주었다. 그래서 꼭 물어보고 싶었다.

"조금 전에 구화를 배우는 교실을 보여주셨잖아요.
아이에게 구화를 가르쳐달라고 하는 보호자가 많은가요?"

나카무라 선생님이 먼저 대답했다.

⟨네, "수어보다는 구화를 가르쳐주시면 좋겠어요"라고
말하는 보호자가 있는 것이 사실입니다. 하지만 아이들은
"수어를 사용해서 말하고 싶어요"라고 말하는 비율이
높습니다.⟩

나카무라 선생님의 대답에 이어 다카조 교감 선생님도 입을
열었다.

"학교는 여러 수단을 준비해 종합적으로 지원해야 한다고
생각합니다. 초등학교와 중학교를 지역의 일반 학교에
다니는 바람에 수어를 배우지 못한 상황에서 고등부 때부터

우리 학교에 다니는 학생들도 있습니다. 이런 학생들에게
구화는 소통의 수단입니다. 물론 그 가운데도 수어와
구화를 다 사용하는 학생들도 있습니다. 또 사회에 나갔을
때 임기응변으로 대응할 수 있도록 필담과 UD토크(음성을
텍스트로 변환해주는 서비스) 같은 것을 활용한 소통 능력도
길러주어야 한다는 점을 항상 염두에 두고 있습니다.

　두 선생님의 이야기를 듣고 있으니 '들리지 않는 아이들이
사회에 나가서 곤란해지지 않도록' 해야 한다는 마음이 강하게
느껴졌다. 그러니 다양한 소통 수단을 익힐 수 있는 환경을
준비해놓았을 것이다.

　다른 한편으로 수어가 보다 널리 사회 속으로 퍼져 나간다면
들리지 않는 사람만 사회에 맞추려 노력하는 지금의 구도도
변하지 않을까 생각했다. 일방적으로 한쪽에만 발을 맞추라는
부담을 지울 것이 아니라 양쪽 모두 한 발짝씩 앞으로
내디뎌야 한다.

　언젠가 들리지 않는 아이들도, 그 보호자들도 고민하지
않고 수어를 선택할 수 있는 날이 찾아오면 좋으련만. 결코
구화만이 옳은 길은 아닐 것이다.

　"여기에 오는 도중에 하교하며 신나게 이야기하는
아이들을 보았습니다. 모두 수어를 사용하고 있었어요. 많이
웃더라고요."

　아이들을 보고 느낀 감상을 전하자 다카조 선생님의 표정이
부드러워졌다.

"코로나의 영향으로 두 달 동안 휴교를 한 적이 있습니다. 그동안 모두 친구를 만나지 못해 외로웠을 거예요. 휴교가 끝나자 학생들이 엄청난 기세로……. 교사 입장에서는 '너희 그렇게 서로 달라붙으면 안 돼'라고 말할 수밖에 없지만요. 정말 겨우 친구와 만나서, 딱 달라붙어서 이야기하고 싶은 마음은 충분히 이해가 되었습니다. 학생들에게 이 학교는 머무를 수 있는 소중한 장소 가운데 하나가 되었다고 생각합니다."

〈여기서 얼마나 끈끈한 관계를 맺는지 잘 알고 있습니다. 저도 동급생이나 선후배들과 아직도 연락하고 있거든요. 모이는 일도 많아요. 이 학교를 다닌 사람과는 떼려야 뗄 수 없는 관계가 만들어져 있지요.〉

나카무라 선생님은 이 말을 하면서 매우 기쁜 표정을 지어 보였다. 그 표정에서 어머니가 떠올랐다. 농학교 시절 이야기를 하는 어머니는 항상 즐거워 보였다. 수어라는 언어와 친구를 얻은 이곳은 어머니에게 몹시 커다란 의미를 지닌 공간이리라.

"말하고 싶을 때 말할 수 있는 사람이 있다. 이건 정말로 중요한 일이지요."

이렇게 말하자 나카무라 선생님이 고개를 끄덕였다.

〈맞아요. 공부도 중요하지만, 그것만 중요한 건 아니니까요. '친구를 만들 수 있다'는 데 의미가 있다고 생각합니다.〉

학교에서는 졸업 후의 '가능성'을 키우는 데도 힘을 쏟고 있다고 했다.

"예전에는 '사회에 나가서 바로 일할 수 있도록 기술을 익혀야 한다'는 사고방식이 지배적이었던 터라 고등부를 졸업한 뒤에는 전공과에 진학해 전문 기술을 익히는 사람이 많았던 모양이에요. 이가라시 씨의 부모님이 농학교에 다니던 시절이지요. 그렇게 전문 기술을 익힌 후에는 살던 지역으로 돌아가 취직을 합니다. 그런데 최근에는 대학 진학도 고려하게 되었습니다. 체육 계열 대학에 합격한 학생도 있어요. 영양사를 목표로 식품영양학을 배우러 대학에 들어가는 학생도 있습니다. 예전에 비하면 들리지 않는 아이들이 선택할 수 있는 진로의 폭이 넓어졌어요. 그러니 학교 입장에서도 앞으로는 보통과*를 설립해 대학 진학을 목표로 하는 학생들을 응원할 생각입니다. 조금이라도 가능성을 넓히고 선택지를 늘리는 데 힘이 되어주고 싶은 거지요."

다카조 교감 선생님, 나카무라 선생님과 인터뷰를 마쳤을 무렵, 창밖은 이미 깜깜해져 있었다. 아직 오후 5시 반이었지만 도호쿠의 밤은 몹시 어두웠다.

내빈용 출입구까지 배웅을 나온 두 사람에게 고개 숙여 인사를 하고 어두운 밤길 걸음을 재촉해 역으로 향했다.

집에 돌아오니 벌써 8시였다. 도중에 센다이역에서

---

* 일본의 후기 중등교육 과정으로 특별지원학교(특수학교)에는 대개 고등부에 설치된다. 상업 또는 공업고등학교 등에서 실시하는 전문교육과 대비되는 보통교육을 하며 국어, 지리역사, 공민, 수학, 과학, 영어 등의 과목을 배운다. 졸업 후 대학 진학을 목표로 하는 경우가 많다.

갈아탈 때 산 규탄*을 셋이서 구워 먹으며 이야기를 나누었다. 스마트폰으로 촬영한 교내 사진을 보여주자 아버지와 어머니는 그리운 듯 눈을 가늘게 떴다. 두 사람은 때때로 추억을 떠올리며 여러 가지 이야기를 했는데, 흥분했는지 평소보다 손의 움직임이 빨라서 나는 대화를 따라가지 못했다. 하지만 옛날이야기에 신이 나서 그런 것이리라 생각하고 그냥 내버려두었다.

그러고 보니, 싶어서 어머니의 은사인 오누마 나오키 선생님의 이름을 스마트폰으로 검색해보았다. 검색 결과에 최근 모습이 나왔다. 온화한 표정을 띤 남성이었다.

〈오누마 선생님, 이 사람 맞지?〉

화면을 보여주자 어머니 눈이 동그래졌다.

〈맞아, 맞아! 오누마 선생님이야! 보고 싶어라…….〉

아버지도 함께 화면을 보려고 머리를 들이밀었다. 또다시 두 사람의 수어가 시작되었다. 마치 소년 소녀 시절로 되돌아간 듯한 두 사람을 나는 그저 조용히 지켜보고 있었다.

---

* 소 혀(우설). 센다이의 명물로 센다이역에 유명한 규탄 가게들이 있다. 센다이에 다녀온 기념품 같은 느낌으로 집에 사 가지고 간 것이다. 주로 구워 먹는다.

4장   어머니의 은사

어른이 된 후 나는 한 번도 '동창회'라는 행사에 참석한
적이 없다. 몇 번인가 동창회에서 연락을 받은 적은 있지만
답장조차 하지 않다 보니, 결국에는 참석하라는 연락도 오지
않게 되었다. 하지만 후회는 하지 않는다.

　학창 시절의 나는 주위 사람들과 거리를 좁히고 싶지
않았다. 반 친구들과의 관계에서만 그런 것이 아니다.
교사들과도 마찬가지였다. 고민 상담은 물론 일상적인
대화조차 회피했다. 내 이름 따위 모른대도 상관없었다.
그저 교실의 풍경 속에 있는, 묻어가는 정도로 존재하는
것이 최선이라 여겼다. 만약 내가 상대방에게로 한 걸음
내디딘다면, 상대방도 내 쪽으로 한 걸음 다가올 것이다. 나는
그것이 두려웠다. 그러니 내게는 '은사'라고 부를 만한 존재가
없다.

추억과 후회

어머니는 '오누마 선생님'을 많이 그리워하는 듯 보였다. 뿐만
아니었다. 어머니가 오누마 선생님에 관해 이야기할 때는
애정이 담뿍 담겨 있었다. 그 선생님을 만나보고 싶었다.
몇십 년이 지나도 기억나는 사람, 그런 만남이 있다니 몹시
축복받은 인생 아닌가. 어머니 말에 따르면, 오누마 선생님은
수어도 잘하지만 입을 크게 움직이면서 말하기 때문에 무슨
말을 하는지 이해하기 쉬웠단다. 1960년대 후반은 구화법

일변도의 농교육 현장에서 수어가 배척되던 시대를 지나, 수어의 중요성을 주장하는 목소리가 조금씩 커지기 시작하던 때다. 오누마 선생님과 거듭 소통하며 어머니는 다른 청인, 그러니까 들리는 가족과도 제대로 대화할 수 있게 되었다.

〈언니들이랑 다투게 된 건 그때부터였어. 그전까지는 내가 일부러 조용히 있으려 했던 게 아니야. 다들 무슨 말을 하는지 몰랐을 뿐이지. 말뜻을 알게 되면서 내 마음도 전할 수 있게 되었어. 그랬더니 다툼도 많아졌지.〉

그리고 말이야, 라며 어머니는 말을 이었다. 오누마 선생님과의 추억이 아주 많은 모양이었다. 어머니의 말하는 손이 멈추지 않았다.

〈중학교 1학년 여름 방학 때, 오누마 선생님이 가정 방문을 오셨어. 역까지 마중을 나갔는데 선생님이 나를 한번 보더니 "사에 짱, 새카맣게 탔구나! 수영장에 갔었어? 바다에 다녀왔어? 재미있었겠네" 하시는 거야. 근데 그런 데를 가서 그런 게 아니라, 그냥 내 피부가 좀 검어서 그런 거거든. 그래서 "아냐! 원래 좀 검다고!"* 하고 화를 냈더니 그런 나를 보면서 "미안, 미안해" 하고 웃으셨어.〉

이런 별것 아닌 옛일들을 어머니는 너무나 기뻐하며 이야기했다. 그런 사소한 소통조차 즐거웠던 모양이다.

〈학교에서 나루코**에 캠핑을 간 적도 있어. 밤에 다들

---

* 일본에서는 나와 거리가 가깝고 '우리'라고 생각하는 범위 안에 있는 사람에게는 반말을 쓰고 그렇지 않은 사람에게는 경어를 쓰는데, 이 '우리' 안에는 가족, 친척, 친구뿐만 아니라 학교 선생님이나 회사의 직속 상사도 들어간다.
** 미야기현과 야마가타현 경계에 있는 온천 휴양지.

모여서 캠프파이어를 했지. 그때 나보다 한 살 어린 애랑 짝을
지어서 앞에 나가 그럭저럭 춤을 췄거든. 그랬더니 오누마
선생님이 "사에 짱, 진짜 잘 추는구나!"라고 칭찬해줬어.
부끄러웠지만 기뻤어. 근데 말이야, 다른 아이들이 모두
놀라서 멍하니 바라보던 게 재미있었어. 나 덜렁대는
아이였거든.〉

어머니는 수어로 당시 풍경을 선명하게 되살려 내게
보여주었다. 내 눈앞에는 득의양양하게 춤을 추는 소녀와
그 모습을 지켜보는 남자 선생님과 놀라는 아이들이 있다.
마치 실제로 보는 것처럼 눈앞에 그려졌다. 그 모습이 너무나
익살스러워 어머니와 나는 배를 잡고 웃었다. 이렇게 영상을
보듯 장면을 표현할 수 있다는 점이 바로 시각언어인 수어의
특성이다.

어머니는 고등부에 올라가면서 오누마 선생님과 멀어졌다.
하지만 학교에서 마주치면 오누마 선생님은 항상 말을
걸어주었다고 한다. 늘 어머니에게 신경을 쓰고 있었던
것이다.

〈아이들을 별로 야단치지 않는 정말로 좋은 선생님이었어.
그래도……〉

어머니는 말을 하다가 멈췄다.

〈내가 고지 군이랑 집 나간 거 알지?〉

〈응. 나는 그게 스무 살이 지나서인 줄 알았거든? 근데
고등학교 때였다면서?〉

〈맞아. 고등학교 3학년 때. 결국 실패했지만. 주위
사람들에게도 다 들키고. 그래도 학교로는 다시 돌아가기
싫어서 "학교를 그만두겠습니다"라고 했어. 자퇴하고 싶다고.
그러자 학교에서 "좀 있으면 졸업이니까 졸업장은 받아 가면
좋겠다"라는 연락이 왔어. 나는 그것조차도 필요 없다고
생각했지만, 아버지랑 어머니가 "일부러 연락까지 줬는데
받지 그래?"라고 설득하는 바람에 졸업식이 끝날 즈음 몰래
학교에 갔어.〉

나에코와 함께 학교에 간 사에코는 곧장 교장실로
안내되었다. 거기서 단 한 명을 위한 졸업식을 치렀다.
사에코는 졸업장을 받은 뒤 가출 소동으로 주위를 시끄럽게 한
것을 사죄했다.

그렇게 졸업장을 받아 돌아오는 길에 사에코의 눈에 들어온
사람은 다름 아닌 오누마 선생님이었다. 복도의 저편에서
천천히 걸어오는 오누마 선생님을 발견한 사에코는 그대로
눈을 돌려버렸다.

〈너무 부끄러워서 오누마 선생님을 뵐 낮이 없었어. 그래서
조용히 고개를 숙이고 그냥 돌아왔어. 그 이후로 오누마
선생님은 만나지 못했지만 계속 잊히지가 않아.〉

졸업식에 참석하지 못한 것, 그리고 오누마 선생님에게
감사의 말을 전하지 못한 것. 어머니는 내 앞에서 이 이야기를
하며 울었다. 나는 어머니의 울음이 멈추길 기다렸다가 이렇게
말했다.

〈저기, 어쩌면 오누마 선생님을 직접 만나서 옛날이야기를 물어볼 수 있을지도 몰라.〉

어머니는 눈을 동그랗게 떴다. 아들이 당신의 은사를 취재하러 간다니, 상상도 해보지 못한 일이었으리라.

〈만약 선생님을 만나게 되면 "고마웠습니다"라고 전해줄래?〉

물론이지. 나는 천천히 고개를 끄덕였다.

은인

"오누마 선생님이랑 어떻게 연결해주실 수 없을까요?"

순전히 내 욕심만 생각한 부탁이었다. 하지만 미야기현청각지원학교의 교장 히구치 선생님은 기분 좋게 받아주셨다. 나는 제법 흥분해서 취재 의뢰서를 보냈다.

어쩌면 어머니가 아직도 잊지 못하는 선생님과 만날 수도 있다. 이는 농학교 시절의 사에코를 알 수 있는, 그러니까 사에코가 '나의 어머니'가 되기 전에 어떤 사람이었는지 알 수 있는 귀중한 실마리가 될 것이었다. 또 오랫동안 어머니가 전하지 못했던 말을 전할 수도 있다.

"고마웠습니다"라는 그 말을.

2021년 연말이었다.

"옛날 일은 많이 잊었지만 힘닿는 대로 도와드리겠습니다."

정말로 오누마 선생님이 취재를 허락해주었다. 바쁜
와중에 일부러 시간을 만들어주셨다고 한다. 내가 할 수
있는 최대한의 감사를 전하면서 오누마 선생님과 연락을
주고받았다. 그리고 새해가 왔다. 드디어 오누마 선생님을
만나게 된 것이다.

장소는 '전화 릴레이 서비스'* 본부가 있는 도쿄 진보초의
한 건물이었다. 전화 릴레이 서비스란 청각과 발화에 어려움이
있는 사람이 통역 오퍼레이터의 도움을 받아 들리는 사람,
즉 청인과 즉시 쌍방향 소통을 할 수 있는 서비스를 말한다.
80대가 된 오누마 선생님은 이곳의 이사장을 맡아 지금도
정력적으로 임하고 있다.

그뿐만이 아니다. 오누마 선생님은 의학 박사이기도 하여
과거에는 워싱턴대학교 의학부 부속 중앙농연구소에서
연수를 하고 돌아와, 농인과 맹인을 대상으로 한 국립대학인
쓰쿠바기술대학의 초대 학장을 역임하기도 했다. 이
세계에서는 모르는 사람이 없는 대단히 유명한 분이었다.

히구치 교장 선생님이 "가능하다면 저도 오누마 선생님께
배우고 싶었을 정도입니다"라고 말한 것도 이해가 된다.
지금까지 얼마나 많은 제자들과 만나고 헤어졌을까. 그런
오누마 선생님이 과연 우리 어머니를 얼마나 기억할까. 약속
장소로 향하는 동안 내 안에서는 기대와 불안이 교차했다.

약속 장소에 너무 일찍 도착하는 바람에 시간이 한 시간도
넘게 남았다. 어쩔 수 없이 근처 카페에서 시간을 보내기로

* 한국에서는 통신중계서비스라고 부르며,
107손말이음센터에서 제공하고 있다.

했다. 사전에 준비해 온 질문 사항을 확인해본들 큰 의미가 없을 것 같았다. 이제껏 해온 인터뷰들과 달리 이번에는 도무지 어떤 이야기를 얼마나 들을 수 있을지 전혀 감이 잡히지 않았다. 그렇다면 먼저 미야기현립청각지원학교에 얽힌 오누마 선생님의 추억을 들어보도록 하자. 어쩌면 그 과정에서 어머니에 대한 기억이 떠오를지도 모른다.

약속한 시간이 되어 만나기로 한 장소로 향했다. 안내받은 회의실에서 기다리고 있자니 가슴이 두근거렸다. 곧 풍성한 백발머리에 온화한 표정이 인상적인 남성 한 분이 천천히 들어왔다.

"이가라시 씨지요? 기다리게 해서 죄송합니다."

오누마 선생님이었다. 〈몹시 다정한 분이셨어〉라는 어머니의 말처럼 온화해 보였다.

"전혀 그렇지 않습니다. 바쁘실 텐데 저야말로 죄송합니다. 저기……."

말문이 막혔다. 전하고 싶은 말은 무척 많았는데 가슴속에서 뒤엉켜 무슨 말을 해야 좋을지 알 수 없었다. 오누마 선생님은 "앉으세요"라고 권해주셨다. 나는 준비해주신 차 한 모금을 꿀꺽 마신 후 겨우 말문을 열었다.

"오누마 선생님, 오늘 나와주셔서 정말 고맙습니다. 오누마 선생님은 어머니의 은인이십니다. 그런 분을 이렇게 만나 말씀을 들을 수 있어서 정말 기쁩니다. 정말, 정말로 고맙습니다."

필사적으로 말하는 나에게 오누마 선생님은 다정하게
웃어주었다. 그렇게 인터뷰가 시작되었다.

구화와 수어 사이에서

먼저 오누마 선생님에게 어머니가 어떤 환경에서 성장했는지
이야기했다. 초등학교를 졸업할 때까지는 지역의 일반 학교를
다녔으며 중학교에 진학하면서 농학교로 옮겼다는 것,
집에서는 수어를 쓰지 않았다는 것까지.

오누마 선생님은 내 이야기에 귀를 기울이며 때때로 고개를
끄덕였다. 그러고는 입을 열었다.

"이가라시 씨의 어머니, 이제부터는 사에 짱이라고
부를게요. 사에 짱이 농학교를 다니던 1970년대 전후의
농교육계는 가장 어중간한 시절이었습니다. 일본 전국의
농교육 현장이 어떻게 해야 좋을지를 모르는 상태였을 때지요.
눈앞에 보이는 아이들에게 정성을 다하긴 했지만 모든 교사가
농교육에 전문성을 지녔던 것은 아니었어요. 애초에 수어라는
걸 어떻게 받아들여야 할지도 몰랐고요. 심지어는 수어가
교육과 무슨 연관이 있는지조차 몰랐습니다. 하지만 수어를 못
하면 아이들과 소통할 수가 없잖아요? 그래서 우리 교사들도
아이들에게 수어를 배워서 조금씩 습득하게 되었습니다."

당시 국어 교사였던 오누마 선생님은 특히 농학생들의
'어휘'를 늘리기 위해 노력했다. 아이들에게 새로운

어휘를 이해시키기 위해 여러 가지 교육법을 닥치는 대로
시도해보았다.

"새로운 어휘를 가르치는 건 무척 힘든 일이었습니다.
사전을 들춰보아도 이해가 잘 안 되었고요. 비슷한 예를
들어보자면, 모르는 영어 단어를 영영사전에서 찾아보는
느낌이랄까요. 그래서 이미지를 사용해 가르치는 방법을
시도해보았습니다. 가르치고 싶은 어휘를 가운데 놓고 그
주위에 비슷한 말을 잔뜩 써놓는 거지요. 그러면 아이들은
'아, 이 말은 알아! 이 말과 비슷한 말이구나!'라면서 의미를
이해하기 시작합니다. 그렇게 하나씩 가르치며 어휘를 늘리는
데 많은 시간을 할애했습니다."

어휘가 늘면 문장력도 생길 터이다. 오누마 선생님은 그렇게
생각했다.

"하지만 단어의 의미에 초점을 맞춘다고 문장이 이해되는
것은 아니라서요. 아무리 지도를 해도 좋은 결과를 내지
못하니 무력함을 느낄 뿐이었지요."

청각 활용의 한계

그렇게 온갖 노력을 기울이던 오누마 선생님은 언어 개념을
획득하기 위해서는 조기 교육이 반드시 필요하다는 생각을
하게 되었다. 학교 측과 상의하여 유치부 교사로 자리를
옮겼다. 만 3~5세 어린이들의 교육을 담당하게 된 것이다.

"어릴 때 교육을 하면 더 빨리 언어 개념을 획득하고, 소통 능력도 높아진다는 걸 실감할 수 있었는데요."

그런데 유치부에서 선생님의 지도를 받은 아이들이 초등부로 진학을 하면 언어 능력이 더 이상 발전하지 않았다고 한다. 그렇게 열심히 언어 교육을 시켰는데 왜 이런 결과가 나오는 것일까.

이런 상황을 납득할 수 없었던 오누마 선생님은 유치부 이전인 0~2세 기간에 문제를 푸는 열쇠가 있지 않을까 생각했다. 그래서 영아기 교육에도 열의를 가지게 되었다.

"어머니를 동반하여 함께 배우는 교실을 만들었습니다. 도호쿠 지방의 각지에서 어머니와 아이들이 찾아와 매일같이 왁자지껄했던 것이 기억납니다. 하지만 영유아 교육의 모델이나 매뉴얼이 없었어요. 그래서 도쿄에서 '어머니와 아이의 교실'을 운영하며 조기 교육을 실천하고 연구하던 가나야마 지요코 선생님을 찾아뵙고 가르침을 청했지요. 그분께 배운 것을 가지고 돌아왔어요. 그런 나날들이었습니다."

귀로 언어를 습득하는 방법을 도입했다. 귀에 보청기를 착용하고 아직 남아 있는 청력을 활용하는 방법이었다. 하지만 그것이 정말로 올바른 방법이었는지는 시간이 갈수록 점점 더 의문이었다고 한다.

"아직 어린 아기들입니다. 그 보드라운 귀에 보청기를 장착하려고 본을 뜨는 것도 너무 마음에 들지 않았고요.

보청기 출력이 지나치게 강하지는 않은지, 괜히 보청기 때문에 난청이 더 빨리 진행되는 것은 아닌지 불안했습니다. 애초에 보청기를 착용해 청각을 활용하는 방식으로는 해결이 안 되는 중증의 난청을 가진 아이도 있었습니다. 그런 아이들에게까지 무리하게 청각을 활용하게 한다면 예전에 구화법 교육에서 무리하게 발화를 지도하던 것과 결국 같아지는 게 아닌가 싶었지요. 시각을 활용해 편하게 소통하면 되는데 어째서 무리하게 귀를 사용해야 하느냐는 거지요."

이와 동시에 절절하게 느낀 것은 의외로 수어의 표현력이 풍부하다는 점이었다.

"수어를 사용해 소통하는 어린이들을 보면서 느낀 건데요. 정말 놀라울 정도로 많은 정보를 서로 주고받더란 말이지요. 점심시간이 되면 아이들은 모두 즐겁게 수어로 수다를 떨거든요. 거기에는 교사가 낄 수 없을 정도지요. 들리지 않는 아이들에게 시각적인 소통은 그만큼이나 편하고 자연스러운 방식인 거예요. 하지만 수업 시간이 되면 교사들은 구화로 수업을 합니다. 지금 돌이켜 생각해보면 농교육계에서 상당히 오랫동안 헛발질을 하지 않았나 싶습니다."

정면으로 부정하다

그러던 어느 날, 여태 선생님이 하던 일을 전면 부정당하게 되었다.

"그 무렵 저는 농학교에서 얻은 경험을 바탕으로 전국 각지에 강연을 하러 다녔습니다. '청각 활용'의 효과에 관한 내용이었지요. 돌이켜 생각해보면 당시에는 좀 우쭐했던 것도 같아요. 후쿠시마에서 개최된 '전일본농교육연구대회'라는 무척 큰 학회였습니다."

거기서 만난 사람은 오누마 선생님이 전에 영유아 교실에서 가르쳤던 아이의 보호자였다. 그들은 오누마 선생님에게 날카롭게 질문했다.

"당시 아이들에게 열심히 청각 활용 지도를 하셨는데 정말로 옳았다고 보십니까?"

들리지 않는 우리 아이도 노력하면 말할 수 있게 될 거라는 믿음으로 오누마 선생님을 따랐는데 그렇게 되지 않았다는 현실. 청각 활용에 의문을 품기 시작한 보호자들은 그때까지 오누마 선생님이 실시하던 교육법에 맞섰고, 이를 전면적으로 부정했다고 한다.

"보호자들이 의문을 품는 것도 당연했습니다. 만약 들리지 않는 아이가 바깥에서 발화를 한다고 합시다. 그러면 기이하게 여긴 사람들이 그 아이를 쳐다보겠지요. 처음에는 어쩔 수가 없습니다. 그럼에도 불구하고 계속해서 하다 보면 성과가 날 거라고 지도한 거지요. 그런데 아이들이 점점 말을 안 하게 되었어요. '내가 말을 하면 이상하게 생각해'라는 거지요. 그런 상황이다 보니 '아니, 그렇게 열심히 했는데 세상에서 아이를 받아주지 않으면 아이의 노력은 도대체 뭐가 되는 건가' 라며 보호자도 고뇌에 빠졌습니다. 다른 한편으로 수어를 사용하면 말하고 싶은 것이 부드럽게 전해지고, 스트레스도 없다는 것을 깨달은 거지요.”

청각 활용의 한계를 깨달은 보호자들은 지금까지 농교육에서 하던 청능 훈련을 폐지하고, ‘농학교에는 농인 교사를 배치해야 한다’라고 주장하기 시작했다. 오누마 선생님에게는 마른하늘에 날벼락 같은 일이었다.

“예전부터 잘 알고 지내던 보호자들이었기 때문에 저는 제가 신뢰받는 줄 알았어요. 그런데 그분들이 ‘오누마 선생님처럼 억지로 청각을 활용하도록 교육시키는 교사는 이제 농학교에 필요 없습니다’라고 하는 거예요. 아니, 내가 얼마나 열심히 했는데 왜들 그러는 것일까. 저는 정말 심하게 충격을 받아서 멍해졌습니다. 그때까지는 제가 올바른 일을 하고 있다고 믿었으니까요.”

이를 계기로 오누마 선생님은 농문화에 대해 처음부터 새로 배웠다고 한다. 그렇게 만난 것이 「농문화 선언」이다. 「농문화 선언」은 1995년 『현대사상』에 게재된 투고문이다. 기고한 이는 농인 기무라 하루미와 수어언어학자인 이치다 야스히로 두 사람이었다. 이 글에는 다음과 같은 문장이 있었다.

농인이란 ‘일본수화’라는, 일본어와는 다른 언어를 말하는 언어적 소수자이다.

그들은 소리 높여 이렇게 선언했다. 이처럼 새로운 시각으로 수어를 파악한다면 농인에게 음성언어를 강제하는 것은 매우 폭력적인 일이며, 농인의 문화와 인권까지 침해하는 일임을 알 수 있을 것이다.

오누마 선생님은 이 선언을 접하고서야 자신을 비판한 보호자들의 주장이 이해가 되었단다.

"귀를 사용하면 소통할 수 있게 된다는 사고방식이 잘못이었음을 깨달았습니다. 그 뒤에도 여러 가지 일이 있었습니다만, 지금 이렇게 전화 릴레이 서비스 이사장을 하고 수어 커리큘럼 개정위원으로 일하는 것은 어쩌면 필연인지도 모르겠어요. 예전에는 청각 활용을 중시했지만 지금은 수어를 중요하게 생각합니다. 제가 이 자리에 있을 수 있는 것은 그때 저를 전면적으로 부정해준 보호자들 덕분이라 생각합니다."

'적절한 교육'이란

지역의 일반 초등학교에 진학한 사에코는 음성 일본어로 진행되는 수업 내용을 이해할 수 없었다. 그래서 결국 언어 습득이 늦어지고 말았다. 농학교에 입학한 후 특별 학급에 들어가 뒤처진 부분을 따라잡기 위한 지도를 받았다.

당시에는 사에코처럼 중간에 농학교에 들어오는 아이들이 적지 않았다. 오누마 선생님은 그런 아이들을 바로 앞에서 보았기 때문에 조기 교육의 필요성을 느꼈다고 한다.

"들리지 않는 아이들은 아무리 노력해도 일반 학교의 수업을 따라갈 수 없습니다. 그걸 깨닫고 농학교에 왔을 때는 이미 학습에 상당한 지연이 생긴 뒤입니다. 제가 지도한 아이들 가운데에도 일본어 문장을 이해하지 못하는 아이가 있었어요. 계산식만 나오는 산수 문제는 풀 수 있지만 문장으로 나오는 문제는 무슨 말인지 이해를 못 하는 거지요. 예를 들어 '8÷4'는 계산할 수 있지만 '여덟 개의 사과를 네 명에게 나누어 주면 한 사람당 몇 개를 갖게 됩니까?' 하고 문장으로 물어보면 이해를 못 하는 거예요."

이 같은 상황을 피하기 위해서는 역시나 조기에 적절한 교육을 해야 했다. 당시 오누마 선생님은 이렇게 생각하여 영유아에게 청각 활용 교육을 시작한 것이었다.

하지만 수어의 중요성을 이해한 지금의 오누마 선생님은 들리지 않는 아이들에게 하루라도 빨리 '수어'를 가르쳐야 한다고 생각한다.

"제가 가르친 아이들 중에 일본어 이해가 느린 학생들이 있었습니다. 만약에 이들이 어릴 때 농학교에 와서 수어로 개념을 알려주고 수어로 생각할 수 있도록 가르쳐주는 교사를 만났다면 달라졌을지도 몰라요. 사에 짱을 보고 깨달은 거지요. 좀 더 빨리 적절한 교육을 받았더라면 이 아이는 그렇게 고생하지 않았을 텐테 하고요. 지금은 '적절한 교육'이란 수어를 활용하는 것임을 잘 알고 있습니다."

오누마 선생님의 이야기를 들으며 나는 할아버지와
할머니의 얼굴이 떠올랐다. 사치코와 유미를 인터뷰하고 나서
할아버지, 할머니가 어머니를 사랑했다는 것은 이해했다.
그러나 어머니를 일반 학교에 진학시킨 것은 잘못이 아니었나
생각한다. 그런 결정을 내린 것은 '들리는 아이가 되면
좋겠다'라는 두 사람의 이기적인 마음 때문이 아니었을까 하고
말이다. 아무리 냉정하게 생각하려 해도 그런 판단을 긍정하는
것은 내겐 불가능한 일이었다. 그 판단 때문에 어머니는
오랫동안 누구와도 소통하지 못하는 시간을 보내야 했다.

"1970년대 중국에서는 '청각장애를 고친다'라고 주장하는
치료법이 유행했습니다."

하지만 당시 중국에는 전음성 난청과 감각신경성 난청의
차이조차 명확하게 알려져 있지 않았다. 전음성 난청은 외이와
중이가 정상적으로 기능하지 못해 소리를 듣기 어렵게 된
난청이므로 보청기 등을 사용해 소리를 증폭하면 들을 수
있다. 한편 감각신경성 난청은 내이와 그보다 더 안쪽에 있는
중추신경계 장애에 의한 난청이라 보청기를 사용해서 청력이
좋아지기는 어렵다고 한다. 어머니는 감각신경성 난청에
해당한다.

"이 차이조차 인식하지 못한 채 무작정 귀에 침을 놓으면
나을 거라 기대한 거지요. 이 소식을 들은 일본 사람들이
치료를 받기 위해 돈을 모아 일부러 중국까지 건너가던
시절이었습니다. 다들 한 조각의 희망을 찾아간 것이지요.

우리가 '그렇게 한다고 낫는 게 아닙니다'라고 해도 아무도 들을 생각을 안 했어요. 귀가 들리게 된다면, 귀가 낫기만 한다면, 이런 마음이 강했던 것 같습니다. 안 들리는 채로 살아간다는 것은 상상도 못 했던 것 같아요. 그러니 당시 농학교 교사와 이비인후과 의사들은 들리지 않는 아이들의 청각을 어떤 방식으로 활용할 수 있을지에 온 힘을 쏟았던 것이지요. 노력하면 들을 수 있다, 전화도 할 수 있다고요. 그런 기대를 가슴에 품었습니다. 이가라시 씨의 할아버지와 할머니도 '치료'에 희망을 가지고 있었다고 생각합니다."

모두가 그런 시절이었다고 말해버리면 그걸로 끝이다. 지금에 비해 당시는 정보가 훨씬 적었던 것이 사실이다. 잘못된 인식에서 비롯한 잘못된 선택은 어쩔 수 없는 일이었는지도 모른다.

"그때는 무척 어중간한 시대였습니다. 저를 비롯한 농학교 선생들은 아이들에게 어떤 교육을 시키면 좋을지 모색하는 중이었어요. 수어를 존중하고, 들리지 않는 아이들의 소통에 관해 생각하는 사람은 정말 손에 꼽을 정도였다고 생각합니다."

이렇게 말하면서 오누마 선생님은 미안한 얼굴이 되었다. 모색하는 중에 실패도 했다. 하지만 어머니는 오누마 선생님과 만나 소통하는 즐거움을 배웠다. 오누마 선생님과 여러 가지 이야기를 나누면서 사람들 사이에 언어라는 것이 개입한다는 것을 알게 되었고, 그로 인해 어머니의 세계는 넓어졌다.

"그렇게 말해주시니 고맙습니다. 하지만 당시 저에게는 눈앞에 있는 소통의 장애물을 치워버려야겠다는 마음밖에 없었어요. 그래서 어쩔 수 없이 수어를 섞어서 이야기했을 뿐입니다. 사에 짱 입장에서는 저만큼 해준 사람조차 없었던 것이겠지요."

눈앞에 있는 장애물을 치워버리는 것. 그것이야말로 소통의 본질이 아닐까. 오누마 선생님은 이를 자연스럽게 이해하고 있던 사람이었기에 어머니가 따랐으리라.

"사에 짱 같은 아이들 덕분에"

"이가라시 씨에게 연락을 받은 날 밤, 아무리 해도 잠을 이룰 수 없었습니다. 당시 일이 생각나서요. 그 가운데는 기억나지 않는 아이들도 있지만 사에 짱에 관해서는 잘 기억하고 있습니다. 제 주변을 맴돌거나 제게 기대는 것이 잘 느껴졌거든요. 여러 가지를 알려주고 싶게 하는 아이였습니다. 어떻게든 해주고 싶었어요. 사에 짱을 보면서 조기 교육을 했다면 좋았을 거라고도 생각했습니다."

"말씀하신 조기 교육이란 어떤 것입니까?"

내 질문에 오누마 선생님은 분명한 어조로 말했다.

"좀 더 이른 시기부터 '방치하지 않는 것'입니다. 당시에는 '손짓'이라고 했는데요, 세상 사람들이 어떻게 생각하든 어린 시절부터 '수어'를 사용해 다른 사람들과 접점을 만들 수

있도록 해주는 것이지요. 그때 저는 사에 짱이 말하고 싶은
것, 알고 싶은 것이 소통되는 환경을 만들어주고 싶었습니다.
물론 이가라시 씨의 할아버지와 할머니가 가졌던 '사에 짱을
들리는 아이로 만들어야 한다'라는 의무감과 안타까움은 잘
이해합니다. 하지만 그 마음이 결국에는 사에 짱을 농밀한
소통에서 멀어지게 했고, 어중간한 육아로 이어지지 않았나
생각합니다."

일반 학교에 진학한 어머니는 주위 사람들의 말을 이해하지
못하는 시간을 보냈다. 만약 초등부부터 농학교에 다녔더라면
반 친구들과 이야기를 나누며 더 이른 시기에 수어를 익힐
수 있었을 것이다. 그랬다면 어머니의 인생은 달라졌을지도
모른다.

어머니는 반복해서 말했다.

〈수어를 할 수 있게 되면서 이야기하는 것이 얼마나 즐거운
일인지 알았어.〉

이 말은 결국 수어를 만나기 전의 12년 동안은 몹시
외로웠다는 뜻 아닐까? 금방 침울해지는 나와 달리 오누마
선생님은 밝은 목소리로 이야기했다.

"하지만 말이에요, 농학교에서 만난 사에 짱은 항상
밝았답니다. 어두운 인상은 티끌만큼도 없었어요. 교과서를
이해하지 못하는 교육상의 과제는 남아 있었지만 아무튼
밝았어요. 그전까지 다녔던 학교와 가정에서 얼마나 소통을 못
했는지, 얼마나 고독했는지 같은 것은 눈치채기 어려웠어요.

그런 상황 속에서도 밝게 웃는 얼굴을 보여준 것이라면
사에 짱에게 농학교가 정말로 즐거운 장소였기 때문인지도
모르겠네요."

친구와 센다이에서 놀기도 하고, 나중에 결혼하게 될
고지와도 만나는 등 농학교에 들어간 이후 사에코에게는 보물
같은 시간들이 많이 찾아왔다. 은사 오누마 선생님과의 만남도
그중 하나였다.

그런 까닭에 어머니는 아직까지도 오누마 선생님께
감사하고 있다.

"어머니가 오누마 선생님을 잊을 수 없다면서 선생님께
'고마웠습니다'라고 전해달라고 하셨어요."

"저 같은 게 뭐라고. 아무것도 한 게 없는데요. 저야말로
고맙지요. 젊은 시절에 저를 교사로 키워준 사람이 바로 사에
짱을 비롯한 농학교 아이들입니다. 그렇게 천진한 아이들이
유소년기에 말을 빼앗기고 소통의 기회를 잃어버렸던
것이지요. 그렇게 교육하면 안 된다는 깨달음을 얻은 것도
바로 사에 짱처럼 자라난 아이들을 목격한 덕분입니다. 그
경험으로 조기 교육의 중요성을 알게 되었습니다. 감사의 말을
전해야 한다면 제가 해야 합니다."

인터뷰 내내 오누마 선생님은 몇 번이고 "정답을 몰라
더듬어 찾아가며 가르치던 시대였습니다"라고 말했다.
그 과정에서 실패와 후회가 있었던 것도 숨김없이

이야기해주었다.

　지금보다 훨씬 더 농인을 제대로 이해하지 못했던 시절.
그런 시절에 오누마 선생님은 그럼에도 불구하고 농인을 위해
온 힘을 다해 살았다. 그 열의는 분명하게 전해졌다. 바로 나의
어머니가 그 증거다.

　〈다른 선생님은 거의 기억나지 않는데 오누마 선생님은
아직도 기억하고 있어.〉

　그럴 정도로 어머니에게 오누마 선생님은 큰 존재였다.
오누마 선생님과 만난 날 밤에 둘이 나눈 이야기를 빨리
어머니에게 전하고 싶어 아버지의 스마트폰으로 전화를
걸었다. 영상통화였다. 시간이 좀 지나자 화면 저편에
아버지와 어머니가 나왔다.

　〈왜 그래? 별일 없지?〉

　〈오늘 오누마 선생님 만나고 왔어.〉

　어머니는 아버지와 얼굴을 마주 하고 놀란 표정을 지었다.

　〈오늘이었구나! 어땠어? 오누마 선생님 건강하시지?〉

　말이 떨어지기가 무섭게 질문 세례를 퍼붓는 어머니를
진정시키며 오누마 선생님과 한 이야기를 하나하나
알려드렸다. 농학교 교사로서 좌절한 순간이 있었던 것,
그것을 용수철 삼아 다시 한번 농교육에 진지하게 접근하게 된
것, 그리고 어머니와 보낸 나날을 아직도 기억하고 계신다는
것. 이야기를 대충 다 하고 난 뒤에 나는 살짝 덧붙였다.

　〈오누마 선생님이 고맙대. 당신이 교사로서 성장할 수

있었던 것은 어머니와 학생들 덕분이라고.〉

　어머니의 눈이 마치 눈부신 무언가를 들여다볼 때처럼
가늘어졌다. 그리고 어머니는 이야기를 하는 중에 계속 고개를
끄덕였다. 당장이라도 울음을 터뜨릴 것처럼 보였지만 슬퍼
보이지는 않았다. 오히려 어딘지 모르게 만족한 듯이 보이기도
했다.

　통화를 마치고 이날의 취재를 정리하면서 나는 미래를
꿈꿨다. 언젠가, 그리 멀지 않은 언젠가, 어머니와 오누마
선생님이 직접 만날 수 있으면 좋겠다고. 그때는 내 입을
경유한 "고마웠습니다"가 아니라, 어머니 스스로 오누마
선생님에게 수어로 〈고마웠습니다〉라고 말할 것이다.

　그런 따뜻한 광경을 나는 떠올리고 있었다.

5장   아버지(고지)와 결혼하다

할머니는 인지저하증을 앓고 있었다. 그래서인지 자꾸 옛날이야기를 했다. 이미 도쿄에서 생활하고 있던 내가 할머니와 이야기할 일은 그다지 많지 않았다. 아니, 사실은 내가 의도적으로 피했다고 하는 편이 옳을지도.

할머니와 전화 통화를 하면 대화 자체가 성립이 안 되는 일이 많아졌다. 그뿐이 아니라 직접 만나면 할머니는 나를 당신의 남동생으로 여겼고, 나는 나대로 그런 발랄한 할머니의 모습에 놀라 침울해졌다.

그러다가 아버지가 지주막하출혈로 쓰러지는 바람에 오랜만에 할머니를 만나 얼굴을 마주하고 이야기를 나누게 되었다. 당시 다니던 편집 프로덕션에 작가는 나 혼자뿐이었는데도 상사의 배려로 부모님 집에서 얼마간 머물 수 있게 되었다. 어머니는 입원한 아버지를 전담하기로 했다. 그렇게 되면 어머니가 병원에 있는 동안 할머니 혼자 집에 남아야 하는 상황이라……. 그동안만이라도 할머니 옆에 있는 것이 좋지 않겠느냐고 상사가 살펴준 것이다.

그렇다고 해서 할머니에게 어떤 특별한 케어가 필요했던 것은 아니다. 할머니는 혼자서 식사도 할 수 있었고 목욕도 가능했다. 낮에는 거실에서 텔레비전을 보았고, 때로 조용히 낮잠을 잤다. 나는 며칠 동안 할머니와 함께 시간을 보내면서 모든 게 나의 괜한 기우였음을 깨달았다. 그래도 아버지가 퇴원하는 날까지는 당분간 부모님 집에 머무르기로 했다.

그런데 할머니는 무슨 생각에서였을까. 낮 시간에 거실에서 일하는 내게 옛날에 있었던 일을 이야기하기 시작했다.
대부분은 이미 몇 번이나 들은 적이 있는 내용이라 나는
대수롭지 않게 여기고 건성으로 대답하며 해야 할 일에
집중하곤 했다.

그러던 어느 날, 할머니가 해준 옛날이야기 하나가 내
머리에 찰싹 달라붙어 떨어지지 않았다. 바로 어머니와
아버지가 벌인 '사랑의 도피'에 관한 것이었다. 도대체
어디까지가 진짜일까? 다시 물어보지도 못한 채 나는
할머니를 저세상으로 떠나보내고 말았다.

유미는 이렇게 말했다.

"사에 짱은 말이야 항상 고지 군을 좋아했대! 게다가 그때
고지 군이 육상부 선수였는데 발도 빨랐고 미우라 도모카즈랑
닮았다고 호들갑을 떠는 사람들도 있었나 봐. 모두에게 인기가
많았나 보더라고. 그중에서 사에 짱의 마음이 전해진 거지.
고등학교 때 둘이 사귀게 됐거든. 그러더니 졸업하기 전에,
둘이 집에서 도망을 갔지."

할머니에게 이 이야기를 들었을 때 나는 그 '사랑의 도피'가
스무 살이 지난 후에 벌어진 일이라고 오해했다. 실제로는
어머니가 만 스무 살이 되기 전인 고등학교 3학년 때의
일이었다. 어머니는 그때 이미 모든 걸 내팽개치고 아버지와
도망가려 했다. 나이에 따라 각오의 무게가 달라진다고는
생각하지 않지만, 그래도 고등학생 둘이 사랑의 도피를

결심하다니 상당한 각오가 필요하지 않았을까?

도대체 무슨 일이 있었기에? 나는 어머니에게 물어보기로
했다. 꼭 물어보리라 결심했다.

"아버지랑 사랑의 도피를 했을 때에 관해서 알고 싶은데."

이렇게 이야기하자 어머니는 〈응, 좋아〉라고 했다. 어머니의
너무나 태연한 모습에 나는 당황하고 말았다. 내가 듣기 위한
마음의 준비를 하는 동안, 어머니는 아버지와 교제를 시작했던
때로 돌아가 천천히 이야기를 시작했다.

짝사랑

고등부에 진학한 사에코는 고지의 존재를 알게 되었다.
육상부 선수였던 고지는 누구보다 발이 빨랐고 인기가
있었다. 사에코는 그런 고지를 보고 첫눈에 반했다.

〈"친구가 되어 주세요"라고 내가 먼저 말했어. 첫 데이트는
볼링장이었지. 돌아오는 길에 찻집에 들러 커피를 마셨는데
거기에서 재미있는 일이 있었어.〉

짝사랑하던 사람과 데이트를 했다. 귀중한 기회이니
사에코는 자신을 매력적으로 보여주어야 한다고 생각했다.
그래서 고지의 커피에 설탕을 넣어주었다. 배려할 줄 아는
여성으로 연출하려는 의도였다.

그런데 너무 긴장한 탓인지 스푼을 든 손이 떨렸다. 그러다
설탕을 왈칵 쏟아버렸다. 사에코는 얼굴이 새빨개져서 엎지른

설탕을 허겁지겁 치우기 시작했다. 그러다 문득 올려다보니
고지가 그런 자기 모습을 웃으며 보고 있었다.

〈그때는 정말 부끄러워서…… 하지만 고지 군이 함께
웃어줘서 즐거운 추억이 되었어.〉

정식으로 교제를 시작한 둘은 농학교 안에서도 함께 시간을
보냈다. 점심을 다 먹고 나면 쏜살같이 고지에게 달려갔다.
둘이 만나던 곳은 운동장의 한구석. 거기 앉아서 점심시간이
끝날 때까지 둘은 신나게 이야기했다. 고지는 수어를 무척
잘했는데 이 또한 사에코의 호감을 산 요인의 하나였다.

같은 학년 친구들은 둘을 놀렸다. 그 가운데는 고지를
별로 좋게 여기지 않는 여학생들도 있었다. 그 이유는 고지가
〈인기가 있어서〉라고 했다.

〈고지 군과 사이좋게 지내는 여학생이 많았거든. 그래서
"저 사람은 인기가 많으니까 포기하는 게 좋을 거야"라고
충고하는 친구도 있었어. 그래서 한번은 이제 더 이상 함께
놀러 가지 않을 거라고 단호하게 말해보았어. 그랬더니
고지 군이 화를 내더라? "다른 아이들은 그냥 이야기만 하는
거고 사귀는 것은 너뿐이라고"라면서 말이지. '그렇게까지
말해주면, 뭐……'라고 생각해서 계속 사귀기로 했어.〉

둘은 영화관에도 자주 갔다. 그즈음 고지는 이소룡(브루스
리)이 출연하는 액션 영화를 보고 싶어 했다. 사에코의 취향은
아니었지만 고지가 영화관에서 〈이게 보고 싶어!〉라며
눈을 반짝였기에 아무 말 없이 같이 봐주었다고 한다. 막상

가서 보니 자막이 나오는 외국 영화를 보는 것은 처음이라
사에코에게도 무척 신선한 경험이 되었다.

　고지는 일본 영화도 좋아했다. 특히 좋아하는 영화는
〈남자는 괴로워〉*였다. 자막이 없었으니 사에코는 내용을
이해할 수 없었다. 내용을 이해하지 못하는 것은 고지도
마찬가지였을 터인데, 옆에 앉은 고지는 아무튼 즐거워했다고
한다. 고지가 즐거워하는 모습을 볼 수만 있다면 영화 내용
따위 이해되지 않아도 상관없는 사에코였다.

부모님에게 소개하다

둘의 교제는 순조로웠다. 고등학교 2학년 겨울에는 고지를
집에 데리고 갔다. 갑작스러운 일이었다. 집에는 긴조밖에
없었다.

　사에코는 긴조에게 남자친구라며 고지를 소개했다. 그러자
긴조는 깜짝 놀랐다. 그러나 곧 종이와 펜을 찾아와 고지와
필담을 시작했다.

　지금 농학교에서 무엇을 배우고 있나?

　목공 공부를 하고 있습니다.

　둘이 나눈 필담은 정말 쓸데없는 내용뿐이었다. 하지만
자신의 남자친구를 따뜻하게 맞아준 긴조에게 감동한
사에코는 그저 지켜보기만 했다. 나중에 나에코가 돌아왔다.
나에코도 긴조처럼 고지와 필담을 했다. 고지는 농학교에서

---

　　　*　1969년부터 25년간 무려 50편이나 제작된 야마다 요지 감독의
　　　영화 시리즈.

목공을 배워 가구를 만들고 있다고 했다. 나에코는 상당히
감명을 받은 모양이었다. 그걸 칭찬하기 위해 굳이 농학교에
전화까지 걸었으니 말이다. 사에코는 부모님이 둘의 교제를
허락해줘서 몹시 기뻤다고 한다. 예상보다 더 좋아하는 모습을
보고는 부끄럽기도 했단다. 그다음부터 고지는 사에코의
집에 자주 놀러 왔다. 고지가 놀러 오면 나에코는 부엌에서
손수 요리를 했다. 모두가 밥상에 둘러앉아 함께 밥을 먹었다.
그것이 무엇보다 즐거웠다.

이제 사에코는 고등학교 3학년이 되었다. 한 학년 위였던
고지는 농학교 안에 설치된 전문과로 진학했다. 거기서 목공
공부를 계속했다. 앞으로 가구 장인이 되기 위해서였다.
고지는 사회로 나갈 준비를 하기 위해 전문과 진학과 동시에
공장에서 아르바이트를 시작했다.

고지가 이렇게 바빠지는 바람에 둘의 데이트 횟수는 전보다
줄어들었다. 사에코는 너무 외로운 나머지 갑작스럽게 고지를
만나고 싶어지는 일도 있었단다. 하지만 사에코는 전화를 걸
수 없었다. 지금 당장 만나고 싶다는 말을 전할 수단이 없으니
그저 제 마음을 억눌러야 했다.

데이트 약속은 학교에서 직접 고지를 만났을 때만 가능했다.
이번에는 어디에 가자. 그렇게 갈 곳을 정하고 데이트 날이
오기를 한껏 기다렸다.

그런데 한번은 사에코가 바람을 맞았다. 만나기로 약속한
곳에서 아무리 기다려도 고지가 모습을 보이지 않았다. 고지의

집에 전화를 걸 수도 없었기에 사에코는 만나기로 한 자리에서 몇 시간이나 고지를 기다렸다. 그러다 결국 기다림에 지쳐 집으로 돌아왔다. 나에코에게 무슨 일이 있었는지 하나하나 이야기했더니 고지의 집에 전화를 걸어주었단다.

고지는 약속을 잊었다고 했다. 아무 일도 없었으니 다행이었지만, 한편으로는 스스로 전화를 걸 수 없는 불편함을 사에코는 비로소 알게 되었다.

고등학교 시절, 사에코는 고지가 옆에 있어서 반짝일 수 있었다. 그렇다고 모든 일이 순조롭게 흘러가지는 않았다. 당시 사에코에게는 고민이 많았다. 교우 관계 때문이었다. 친한 여학생이 학교를 그만두게 되었다. 사에코는 그 아이에게 선물을 보냈다. 고등학교를 그만두었지만 다시 만나자. 계속 친구로 지내자. 그런 마음이었단다.

그런데 나중에 사에코는 다른 학생에게서 믿을 수 없는 이야기를 들었다. 그 여학생이 학교를 그만둔 지 얼마 지나지 않아 한 학생이 사에코에게 와서 이렇게 말했다.

〈걔 네 험담하고 다녔어. 실은 너를 싫어했거든.〉

이 말이 정말인지 거짓말인지는 알 수 없었다. 하지만 사에코는 가슴 깊숙한 곳에서 끓어오르는 감정을 억누를 수 없었고, 결국에는 친한 친구라 생각했던 그 여학생을 만나기가 무서워졌다. 여학생의 가족을 통해 "사에 쨩을 만나고 싶답니다"라는 연락을 몇 번이나 받았지만 다 거절했다. 그 뒤로는 한 번도 만나지 않았다.

〈중등부 때까지는 모두 사이가 좋아서 정말 즐겁게 지냈어. 하지만 고등부로 진급하고 나니까 고고타 분교(고고타는 미야기현 북부에 위치한 지역으로 지금은 난고초와 병합하여 미사토마치가 되었다)에 다니던 학생들도 이쪽으로 와서 같이 다니게 되었거든. 성격이 안 맞는 아이도 있었고, 험담을 하는 아이도 있었고, 거짓말을 하는 아이도 있었지. 그래서 조금씩 학교가 싫어졌어. 그만 다니고 싶었지.〉

사에코가 학교를 그만두기로 마음먹은 때는 고등학교 3학년 1월이었다. 한두 달만 더 다니면 졸업이었는데* 그 정도를 기다리는 것조차 싫었다. 그래서 조심스럽게 고지에게 이런 마음을 털어놓았다.

〈고등학교 그만둘까 싶은데.〉

그러자 고지가 놀라운 제안을 했다.

〈그럼 나도 그만둘게. 도쿄에 같이 가자. 거기서 살자.〉

아버지의 과거

고지는 고등학교를 그만두겠다는 사에코에게 도쿄로 가자고 했다. 어떻게 그런 엄청난 생각을 했을까? 이는 고지의 과거와 관련이 있었다.

이와테현에서 태어난 고지에게는 누나와 형이 있었다. 셋째이자 막내아들로 태어났지만 귀여움을 받은 기억이 별로 없었다. 네 살 때 고지는 결핵을 앓았다. 고열이 나고 많이

　　　　* 일본의 학교 졸업식은 보통 3월에 한다.

아팠다. 병원에서는 고지가 이대로 죽을지도 모른다고 할 정도였다. 고지를 살리기 위해 의사가 어떤 주사를 제안했다. 이 주사를 맞으면 열은 내릴 것이다. 하지만 청력을 잃을 가능성이 매우 높다. 목숨과 청력을 두고 저울질을 해야 했다.

당연하게도 가족에게는 선택의 여지가 없었다. 목숨을 구할 수만 있다면 나머지는 바라지도 않았다. 그리하여 주사를 맞은 고지는 살아났다. 하지만 이튿날 깨어났을 때는 이미 소리를 잃은 뒤였다. 어제까지 소리로 가득하던 세상이 갑자기 고요해졌다.

고지는 이와테의 한 농학교에 진학했다. 집에서 통학하기에는 거리가 멀었기 때문에 고지는 기숙사 생활을 하게 되었다. 고지가 거기에서 즐겁게 생활했느냐 하면 그렇다고 말하기는 어렵다.

농학교에서 고지를 기다리고 있던 것은 몹시 엄격한 구화 훈련이었다. 제 목소리가 전혀 들리지 않는 상황인데도 고지는 몇 번이고 반복해서 소리 내는 연습을 해야 했다. 눈앞에 늘어뜨려진 얇은 종이나 컵에 담긴 물의 움직임으로 자신이 소리를 잘 내고 있는지 아닌지를 확인해야 했다. 고지는 다른 학생들과 마찬가지로 시각을 이용한 소통에 의지했지만, 동시에 발성하는 연습도 열심히 했다.

일과가 끝나고 기숙사에 돌아와서도 고지는 편히 쉴 수 없었다. 가족과 함께 사는 것이 아니니 자기 일은 전부 스스로 해내야 했다. 고지는 겨울에 하는 빨래가 가장 싫었다.

세탁기가 없어서 세숫대야에 물을 받아서 직접 손으로 빨래를
했다. 차가운 물에 손은 빨개지고 결국에는 여기저기 터져
상처가 났다. 손이 그렇게 상처투성이가 되어도 대신 빨래를
해줄 사람이 없으니 고지는 불평 한마디 할 수 없었다.

농학교에 들어간 뒤로 고지의 어머니는 한 번도 고지를
만나러 오지 않았다. 운동회 같은 행사가 열리면 다른
학생들의 가족은 학교로 달려왔지만 고지를 만나러 오는
사람은 아무도 없었다.

그런 고지에게 다정하게 대해준 농학교의 여자 선생님이
있었다. 선생님은 "내가 고지 군의 어머니 대신이니까
괜찮아"라고 몇 번이고 말해주었다고 한다.

고지의 중등부 졸업에 맞춰 고지의 가족은 센다이로
이사를 했다. 고지도 집으로 돌아와 어디로 진학할지
결정하게 되었다. 그래서 선택한 곳이 바로 미야기현에 있는
농학교였다.

주위 사람들은 고지에게 일반 학교로 진학하기를 권했다.
들리지 않는 세상이 아니라 들리는 세상에서 살아가기를
제안한 것이다. 고지가 중도 실청자*라는 점과 엄격한 구화
훈련 덕분에 어느 정도 발성이 가능하다는 점이 근거가
되었다.

하지만 고지는 들리지 않는 세상을 선택했다. 수어로
소통하는 것이 훨씬 편하고 자신에게도 자연스럽게 느껴졌기
때문이다. 이렇게 진학하게 된 미야기의 농학교에서 고지는

* 후천적 청각장애인, 특히 음성언어 획득 이후에 실청한
사람을 말한다. 후천적 장애의 경우에도 말을 배우기 전에
실청했다면 중도 실청자라고 하지 않는다.

사에코를 만났다.

사에코가 고등학교를 그만두겠다는 말을 했을 때 고지는
망설이지 않았다. 지금 가진 모든 것을 버리고서라도
둘이서만 살고 싶었다. 부모님 집에 고지의 자리는 없었다.
누나와 형은 수어를 배우지 않았고 어머니는 고지가 저축한
돈을 몰래 써버렸다. 농학교 전문과 진학 후 공장에 나가
아르바이트하면서 모은 돈이었다.

당시를 회상하며 아버지가 말했다.
〈가족과의 추억이 없어.〉
그래서일까. 나는 생각했다.
아버지는 원가족과 추억이 없었다. 그러니까 가장 좋아하는
어머니와 조금이라도 빨리 '가족'을 만들고 싶었던 것
아닐까. 어머니와 가정을 이루어 새로운 인생을 시작하려면
'도쿄에서'라고 생각했으리라. 최고의 기회라 여겼는지도
모르겠다.
다행히도 도쿄에서 생활이 가능할 듯 보였다. 도쿄에
있는 농학교 선배가 일을 소개해주겠다고 했으니까. 고지는
사에코와 함께 도쿄로 향했다.
하지만 선배는 약속 장소에 나타나지 않았다. 약속 시간이
지났지만 고지와 사에코는 계속해서 선배를 기다렸다. 결국
선배는 나타나지 않았다. 당황한 고지와 사에코는 함께
버스를 타고 선배가 일하는 회사를 찾으러 갔다. 하지만 찾을

수 없었다. 두 사람은 어찌할 바를 몰랐다. 선배를 믿고 왔기 때문에 도쿄에는 몸을 누일 곳이 없었다. 갈 곳을 잃은 둘은 결국 미야기로 다시 돌아가기로 했다. 그러나 몰래 나왔으니 부모님 집으로는 돌아갈 수 없었다. 고지가 생각해낸 곳은 이와테현 가마이시에 있는 친척 아주머니의 집이었다.

"도대체 어떻게 된 거니?"

풀이 죽은 고지가 사에코를 데려온 것을 보고 아주머니는 몹시 걱정했다고 한다. 둘이서 집을 나왔다고 솔직히 말하자 아주머니는 두 사람을 맞아주었다.

늦은 밤, 사에코의 가족은 가마이시까지 사에코를 데리러 왔다. 긴조와 나에코였다. 긴조는 입을 꾹 다물고 있었지만 화를 참고 있다는 걸 사에코는 알 수 있었다. 그런 긴조가 무서워 사에코는 덜덜 떨었다. 눈물을 펑펑 쏟으며 잘못했다고 빌었다. 나에코는 몹시 걱정한 듯 보였고, 사에코가 무사히 발견된 것만으로도 안심했다.

긴조와 나에코는 사에코를 데리고 시오가마로 돌아갔다. 하지만 고지의 집에서는 아무도 데리러 오지 않았기 때문에 고지는 아주머니 집에서 자고 가기로 했다.

다음 날 고지도 센다이로 돌아갔다. 이렇게 고지와 사에코의 '사랑의 도피'는 실패로 끝났다.

"항상 방글방글 웃으라고 했어"

사에코는 시오가마의 집으로 돌아왔으나 졸업식에는 가지 않았다. 그래도 농학교의 호의 덕분에 졸업장은 받을 수 있었다.

이후 사에코는 나에코의 권유로 시오가마에 있는 한 기모노 재봉학원에 다니게 되었다. 하지만 2년 만에 그만두었다. 스스로 돈을 벌고 싶다는 마음이 생겨났기 때문이다.

〈얼른 자립하고 싶어서 아버지와 상의를 했어. 그랬더니 봉제 공장 일을 찾아주셨지. 면접도 같이 와주시고 말이야. 내가 못 듣는다는 것도 잘 설명해주셨어. 결국 공장에서 일하게 되었어.〉

그 회사는 시오가마와 센다이에 공장을 가지고 있었는데 사에코는 집 근처인 시오가마 공장에서 근무하게 되었다. 그곳에서 일하는 사람 중에 들리지 않는 이는 사에코 혼자뿐이었다. 하지만 그런 것은 걱정할 필요가 없을 정도로 공장의 동료들은 모두 사에코에게 다정했다.

〈농학교에서 항상 방글방글 웃으라고 배웠어. 그렇게 하면 들리는 사람들이 다정하게 대해준다고.〉

그랬다. 어머니는 항상 웃었다. 어머니가 다른 사람에게 불만스러운 표정을 짓는 모습을 거의 본 적이 없다. 어머니는 언제나 다정한 미소를 띠고 부드러운 분위기를 자아냈다. 그래서였을까. 우리 집 근처에 사는 들리는 사람들은 어머니에게 항상 신경을 썼고, 자주 말을 걸어주었다.
어머니에게 웃음은 들리는 세상을 살아가기 위한 수단이었나
보다.

어머니는 공장 동료들에게 솔선해서 수어를 가르쳐주었다.
그러다 보니 나중에는 모두 어머니에게 수어로 이야기를
하게 되었다. 어머니는 몹시 기뻤다고 한다. 어떤 사람들은
어머니에게 이런 말을 하기도 했다.

"사에 짱, 정말 아깝다. 귀만 들렸다면 모델이라도 했을
텐데."

들리지 않는 것이 아까운 것인가. 하지만 사에코는
〈고마워〉라며 미소를 지었다.

'사랑의 도피'를 감행하여 양가에 폐를 끼치고 걱정을
샀지만, 그래도 두 사람의 교제는 순조로웠다. 가구 장인을
목표로 했던 고지는 그 꿈을 버리고, 고등학교 때 같은
반이었던 친구의 권유로 판금 도장 공장에 취직해 도장공으로
일하게 되었다. 취직하고 처음으로 도장이라는 일에 도전한
셈인데, 가구 장인을 목표로 삼았을 정도로 솜씨가 좋았던
고지는 눈 깜짝할 새에 도장 기술을 익혔다.

교제 기간이 길어지면 자연스럽게 '결혼'을 의식하게 되는
법이다. 사에코도 예외는 아니었다. 그렇다고 해서 두 사람이
흘러가는 대로 순조롭게 결혼한 것은 아니다. 주변 사람들이
느낀 복잡한 감정 때문이었다.

둘의 결혼을 반대한 사람도 있었다. 고지의 어머니였다.
고지의 어머니는 "이제 우리 아들은 만나지 않았으면
좋겠어"라는 말까지 했다. 그 말을 들은 나에코는 사에코에게
"고지 군과는 이제 그만 만나는 게 좋겠다"라고 전했다.

물론 사에코는 맹렬히 반발했다. 어째서 그런 말을 들어야
하는지 모르겠고, 어째서 교제를 막는지 모르겠다고 했다.
당시에는 그 이유가 이해되지 않았다고 한다.

하지만 어머니는 이제 이렇게 추억한다.

〈고지 군의 어머니는 아들이 귀가 들리는 사람과
결혼하기를 원했을 거야. 고지 군은 원래 귀가 들리는
사람이었잖아? 그러니까 포기할 수 없었던 거야.〉

중도 실청자인 아버지, 선천적 농인인 어머니. 어쩌면 둘
사이에는 차별적인 시선이 담긴 구분이 있었을지도 모르겠다.
둘의 교제를 반대하는 의견에는 청인이 당연히 농인보다
우월하다는 전제가 깔려 있다.

내가 기억하기로는 어렸을 때 어머니는 아버지의 부모님
집에 가고 싶어 하지 않았다. 1년에 몇 번 정도 어머니와
아버지, 나, 이렇게 셋이서 센다이의 아버지 본가에 놀러 갔다.
그때마다 어머니는 불편해했다. 당시 나는 그 이유를 그다지
생각해보지 않았다. 며느리와 시어머니 간에는 복잡한 관계가
있다고들 하니 분명 그런 종류의 문제일 것이라 여겼다.

그게 아니라, 아버지의 어머니가 '농인'에 대한 편견과 차별
의식을 가진 사람이었다니…… 아버지의 본가에 머무르는

동안, 어머니는 대체 어떻게 웃는 얼굴을 하고 있었을까.

'선의'의 반대

나에코도 나에코 나름대로 사에코와 고지의 결혼에 대해
복잡한 심경을 갖고 있었다. 나에코는 사에코에게 "결혼을
하려면 꼭 귀가 들리는 사람이랑 해"라고 말했다. 농인끼리
결혼하면 고생할 것이 불을 보듯 확연하니 들리는 사람과
결혼하여 도움을 받으라는 것이었다.

〈하지만 나는 결혼을 한다면 나와 같은 농인이 좋다고
생각했어. 나는 들리는 사람이 하는 말을 몰라. 하지만
농인끼리라면 수어로 서로 이해할 수 있잖아?〉

사에코가 이런 생각을 하게 된 것은 가족들이 수어를 익히지
않았기 때문이리라. 사에코의 가족 중 누구도 사에코의 언어인
수어를 배우지 않았다. 그러니 사에코에게는 모르는 것,
이해되지 않는 것이 적지 않았다. 이러한 것들이 얼마나 쉽게
외로움으로 연결되었을지는 말할 필요조차 없을 것이다.

이런 경험 때문에라도 사에코는 더더욱 결혼 상대자, 즉
자기가 만들 '가족'을 들리지 않는 사람 가운데서 찾았을
것이다. 너무나 당연한 일이지 않은가. "만약 들리지 않는
아이가 태어나면 어떡할 거야?"라고 묻는 사람들이 주위에
많아졌다. 나에코도 바로 이 문제를 걱정했다. 만약 이대로 두
사람이 결혼해서 들리지 않는 아이가 태어난다면 어떻게 키울

거냐고.

고지의 누나는 이렇게 말했다.

"두 사람이 결혼해서 만약 아이가 생긴다면 그 아이는 내가 대신 키워줄게."

하지만 이 말은 사에코의 마음에 어두운 그늘을 드리웠다. 귀가 들리지 않는다는 이유 때문에 자기 아이를 키울 수 없다니……

고지의 누나나 나에코, 그리고 다른 모든 사람 가운데 그 누구도 사에코를 차별하려는 의도에서 이런 말을 하지는 않았을 것이다. 그저 '선의'에 의한 '걱정'과 '배려'였을 것이다.

귀가 들리지 않으니 조금이라도 고생을 덜 하며 살기를 바란다, 그러려면 들리는 사람들은 당연히 하는 것을 하지 못할 수도 있다, 하고 싶어도 참아야 할 수도 있다, 결혼 상대를 고를 때 제한이 있을 수도 있고 육아를 포기해야 할 수도 있다……. 이 모든 것은 결국 사에코를 위한 것이다. 이런 식으로 당사자를 고립시키는 '선의'에서 나온 행동들.

하지만 사에코는 같은 언어로 소통하며 서로 이해할 수 있는 사람, 즉 농인과 결혼하고 싶었다. 내 아이는 내가 키우고 싶다, 어쩔 수 없는 사정이 있어서가 아니라 단지 들리지 않는다는 이유로 내가 바라는 미래를 빼앗기는 건 정말 싫다고 사에코는 생각했다.

일련의 사건을 계기로 사에코는 결심했다. 고지와 결혼해 무슨 일이 있어도 내 아이는 내가 키우겠다고 말이다.

자기 인생을 말할 때 어머니는 부정적인 말을 사용하지 않는 편이다. 그런데 이때만큼은 〈그건 차별이었다고 생각해〉라고 했다. 결혼을 하고, 아이를 낳고, 아이를 키운다. 여기에서 존중되어야 할 부분은 어머니의 마음과 의지다. 이는 어머니가 가진 권리이며, 그 누구도 함부로 침해할 수 없다.

'우생 사상優生思想'이라는 말이 머릿속에 떠올랐다.

"불량한 자손의 출생을 방지한다"

'우생 사상', 그중에서도 특히 '우생학優生學, eugenics'은 19세기 중반 영국에서 제창되었다. 『종의 기원』의 저자 찰스 다윈의 사촌인 프랜시스 골턴(1822~1911년)이 노년에 제창한 학문이다. 골턴이 처음부터 이런 주장을 했던 것은 아니다. 처음에는 "인간의 우량한 혈통을 신속하게 증가시키는 모든 요인을 연구하는 학문적 입장"이라고 했을 뿐이다.

이후 1901년 골턴은 「기존의 법과 감정 아래에서 인종 개량의 가능성」이라는 논문을 발표한다. '인종 개량'이라니. 지금은 몹시 그로테스크하게 들리지만, 이 논문은 당시 관계자들에게 무척 호의적으로 받아들여졌다. 골턴은 1904년 제1회 영국사회학회에서 마침내 그 단어가 들어간 '우생학——그 정의, 전망과 목적'이라는 강연을 했다.

두 차례의 세계대전과 함께 우생학은 전 세계로 널리 퍼졌다. 우생학에 기초한 우생 정책이 실시된 가장 널리 알려진 사례는 나치 독일일 것이다. '열등한 인간'이라 간주된 많은 사람들이 '단종斷種'이라 불리는 강제 불임 수술을 받아야 했다. 1933년에 '단종법(유전병 자손 예방법)'이 제정되었기 때문에 나치 독일에서 불임 수술은 합법이었다(이 법률은 미국 캘리포니아주에서 행한 단종의 '실적'을 참고해 만들었다고 한다).

일본은 나치 독일을 본보기로 삼았다. 1940년 일본에서는 '국민우생법國民優生法'이 제정되었다. 그리고 2차 세계대전 패전을 계기로 1948년에는 '우생보호법優生保護法'이 성립했다. '국민우생법'은 정부의 제안이었고, '우생보호법'은 당시로서는 흔치 않은 의원 입법이었다. '우생보호법' 제1조에는 이렇게 쓰여 있다.

이 법률은 우생상의 견지에서 불량한 자손의 출생을 방지함과 더불어 모성의 생명과 건강을 보호하는 것을 목적으로 한다.

"우생상의 견지에서 불량한 자손의 출생을 방지한다"는 말은 유전 가능성이 있는 병을 지닌 사람과 장애인의 출산을 막겠다는 뜻이며, "모성의 생명과 건강을 보호한다"는 말은 여성이 가진 임신, 출산 기능을 보호한다는 뜻이다. 이 두 가지를 목적으로 이 법은 불임 수술과 인공 임신 중절의 조건, 피임구의 판매와 지도 등을 규정하고 있다.

"불량한 자손의 출생을 방지"하기 위해 무찔러야 할
대상으로는 유전성 질환, 한센병, 정신장애, 신체장애 등
56가지의 질병과 장애를 꼽았다. 이에 해당하면서 의사가
공익을 위해 수술이 필요함을 인정한 자에게는 강제 불임
수술을 실시할 것이 규정되었다. 게다가 1948년 법 제정
초기에는 진료한 의사가 불임 수술을 '신청할 수 있다'라고
쓰여 있던 규정이 다음 해에는 '신청해야 한다'로 개정되어
실질적으로 의사의 법적인 책임이 무거워졌다. 질병이나
장애가 있는 사람은 자기 뜻과 상관없이 불임 수술의 피해자가
되고 마는 것이다.

또 일본의 형법에는 지금도 '낙태죄'라는 것이 존재하는데,
이는 1880년에 만들어졌다. 2차 세계대전 패전 무렵까지는
'낙태죄'가 엄격하게 적용되어 중절 수술을 한 의사와 여성은
처벌을 받았다. 이를 완화하여 여성이 스스로 출산에 관한
선택을 할 수 있게 한 법이 바로 "모성의 생명과 건강을
보호하는" 우생보호법이었다. 하지만 새로운 법 아래에서도
의사의 인정과 배우자의 동의가 있어야 인공 임신 중절이
가능했기 때문에 이 법이 여성의 의사를 존중하고 있다고는
말할 수 없다.

이러한 법들은 공통적으로 '어디까지나 공익을 위하여'라는
관점을 가지고 있다. 2차 세계대전에서 패배한 일본은
하루라도 빨리 부흥하기를 원했다. 그리고 당시에는
'만주국'*의 꿈이 산산조각 나는 바람에 하던 일을 잃고

---

* 일본제국이 1932년에 중국 동북부의 만주 지역에 세운
괴뢰국으로 1945년 8월에 패망했다.

일본으로 돌아온 사람들이 넘쳐났다. 인구 증가를 억제하면서 부흥을 꾀하지 않으면 나라가 붕괴될 것이라는 공포가 일본을 휩쓸었다.

그런 상황이었으니 '유전'에 의해 질병이나 장애를 가진 사람이 태어나고 늘어나는 것은 부흥을 방해하는 일이라 여겼을 것이다. 공익에 반하니 그들에게 불임 수술을 실시하자(혹시나 하는 마음에 설명해두자면, 감염력이 매우 약한데도 부당한 강제 격리 정책으로 관리되던 한센병은 유전병이 아니다), 또 전쟁으로 집을 잃고 갈 곳을 잃은 사람들, 그러니까 국가의 입장에서 그 존재가 바람직하지 않은 사람들은 정신장애인으로 취급해 불임 수술을 실시하자. 이런 주장도 있었다. 이렇게 우생보호법은 의학적 근거와 법적 근거 모두 명확하지 않은 상태로 확대 해석되고 자의적으로 운용되면서 많은 사람들에게 돌이킬 수 없는 피해를 입혔다.

우생보호법의 원형이었던 국민우생법 자체가 애초에 전쟁을 위해 '양질良質'의 국민을 생산하는 것이 목적이었다. 따라서 우생보호법은 패전을 계기로 '질質'을 강화하면서 '양量'은 억제하는 방향으로 선회했다고 할 수 있다. '공익을 위하여, 나라를 위하여'라는 말이 모든 것을 정당화했다.

그런데 그런 악법과 차별에 맞서 싸우는 이들이 있었다. 이들의 싸움에 커다란 계기가 된 것은 1972년 우생보호법 개정안 제출이었다. 개정안의 핵심은 임신 중절 사유에서 '경제적 이유'를 삭제하고, '정신적 이유'를 더하자는 것이었다.

이에 강력하게 항의한 이들이 있었으니 바로 당시의
여성들이었다. 중절 규제 강화에 대해 우먼리브Women's
liberation* 활동가와 여성 의원들이 거세게 반발했다.

이 개정안에서는 또한 태아의 장애를 중절의 이유로
인정하는 '태아 조항' 작성이 제안되었다. 이에 반대해 일어난
이들은 뇌성마비 장애인 당사자 단체인 '푸른잔디회'**였다.
푸른잔디회의 문제 제기는 이후 '우생'에 대한 부정적인
이미지를 형성하는 데 커다란 역할을 했다.

여성의 권리와 장애인의 권리. 이 둘은 때로 충돌하기도
했지만, 출산하는 것 혹은 하지 않는 것과 태어나는 것을
둘러싼 진지한 논의를 가능하게 했다. 이들이 그때 나눈
이야기들은 지금도 참조해야 할 중요한 논의들이다. 이처럼
우생보호법을 문제시하며 항의 운동을 전개한 사람은 결코
적은 수가 아니었다.

1996년 마침내 우생보호법이 모체보호법으로 개정되었다.
1994년 카이로에서 열린 유엔국제인구개발회의(ICPD)에서
우생보호법이 비난을 받고, 1995년 제4회 세계여성대회에서
성과 재생산에서 여성의 자기결정권을 존중하는 '성과 재생산
건강 및 권리'라는 개념이 제창되어 많은 영향을 끼쳤다.

그러나 우생보호법이 모체보호법으로 개정되었다고 해서

* 1970년대 일본에서 일어난 여성해방운동을 가리킨다.
1971년 8월 우먼리브 세미나가 열린 이후 잇달아 여러 행사가
개최되었고, 그 과정에서 모인 여성들이 1972년 우생보호법
개악에 반대하며 장애해방운동과 연대 투쟁을 벌였다.
** 1960~70년대에 급진적인 장애운동을 펼치던 뇌성마비
장애인 단체. 우생 사상 타파, 장애인 차별 철폐, 장애인 생존권
보장 등을 주장하며 비타협적인 투쟁을 전개했다.

문제가 해결된 것은 아니었다. 우생보호법이 존재했던 기간 동안 국가에 의해 강제 불임 수술을 받은 피해자는 1만 6500명을 웃돈다(본인의 동의를 받은 수술까지 포함하면 약 2만 2500명에 달한다). 이들이 겪은 아픔은 법률 개정으로 치유될 수 있는 성질의 것이 아니다.

2018년에는 센다이에 사는 피해자가 국가를 상대로 손해배상을 청구하는 소송을 제기했다. 이를 계기로 전국 각지에서 같은 재판이 차례로 이어졌다. 그 가운데는 우리 어머니 같은 농인도 있었다.

그렇다. '귀가 들리지 않는다'는 이유로 강제 불임 수술을 받아야 했던 사람들이 있었다. 어쩌면 나도 국가에 의해 태어나기 전에 '살해당했을' 수도 있다. 어머니와 아버지 둘 다 아이를 만들 수 없는 몸이 되었을 수도 있다.

관련 보도들을 접하며 나는 이제까지 한 번도 경험한 적 없는 공포에 휩싸였다.

우생보호법 재판 —— 후지키 가즈코 씨와 함께

우생보호법에 의한 강제 불임 수술 관련 재판에서 피해자를 돕기 위해 '우생보호법 피해 변호단'이 꾸려졌다. 변호단 가운데에는 이전부터 알고 지내던 사람이 있었다. 변호사인 후지키 가즈코 씨다. 후지키 씨에게는 들리지 않는 남동생이 있다. 부모와 동생이라는 차이는 있지만 우리는 '들리지 않는 가족이 있다'라는 공통점으로 이어져 교류하게 되었다.

이 글을 쓰는 2022년 11월 현재까지도 이 재판은 종결되지 않았다. 원고 중에는 오랫동안 겪은 고통에서 벗어나지 못한 채 세상을 떠난 사람도 있다.

"효고현에 사는 농인 원고가 세상을 떠났습니다. 함께 우동을 먹기도 했고, 저를 귀여워해주신 분입니다. 돌아가셨다는 소식을 들었을 때 너무나 슬펐습니다. 아직 재판도 끝나지 않았는데 돌아가시다니 허무했어요. 그분은 들리든 들리지 않든 그런 건 상관없이 아이를 갖고 싶었다고 하셨어요."

후지키 씨가 미간을 찌푸린 채 말했다. 안타까움과 슬픔이 섞인 얼굴이었다. 후지키 씨가 변호단에 들어가게 된 것은 그 자신의 성장 과정과 관련이 있었다. 내가 우생보호법을 남의 일로 여기지 못하는 것처럼 후지키 씨도 자기 일처럼 여기고 행동에 나선 것이다.

"들리지 않는 남동생이 태어났을 때 친척들이 모두 어머니를 비난했습니다. 장애인을 낳았다면서 차별했어요. 그런 어머니의 모습을 바로 곁에서 보았기 때문에 저는 제 스스로가 아이를 갖는 게 무서웠어요. 정신적으로 불임 수술을 받은 것이나 다름없다고 생각합니다. 그 때문에 우생보호법 피해자를 못 본 체할 수 없게 되었습니다. 제가 할 수 있는 일이 있다면 해야겠다는 생각으로 변호단에 들어가게 되었습니다."

자욱하게 낀 안개 속을 걷는 것처럼 재판이 어디로

향할지는 누구도 알 수 없다. 몇몇 재판에서는 우생보호법이
위헌이었다며 배상을 인정하는 판결이 내려졌다. 다른
곳에서는 국가에 대한 손해배상청구를 기각하는 판결도
내려졌다. 최고재판소의 결론은 아직 나오지 않아서 일보
전진했다가 다시 일보 후퇴하는 상황의 연속이다.

"원고들이 원하는 것은 '국가의 사죄'입니다. 하지만 국가는
'우생보호법을 성립시킨 것은 국회와 행정부이기 때문에
국가라는 주어를 사용할 수 없다'라고 주장합니다. 이 부분이
쟁점인 것 같은데요. 하지만 본질적인 해결책은 그 너머에
있다고 생각합니다."

물론 재판에서 승소하는 일은 중요하다. 하지만 그걸로
끝내버리면 의미가 없다. 후지키 씨는 사회 곳곳의 우생
사상적인 생각들이 변화할 수 있도록 힘쓰고 있다.

"원고에게 아무리 많은 돈을 지급한다고 해도, 이 재판의
결과로 사회가 변화하지 않는다면 의미가 없다고 생각합니다.
모든 장애인과 그 가족들이 부당하게 차별받지 않는 사회를
만들어가는 것이 제 진정한 목표입니다. 남동생이 들리지
않는다는 이유로 어머니도 차별을 받았습니다. 만약 남동생과
제가 태어나는 순서가 바뀌었다면 저는 태어나지 못했을지도
모릅니다. '다음에 낳는 아이도 귀가 들리지 않으면 어떡할
거야?'라는 의견이 분명히 있었을 테니까요. 하지만 그런
사회는 이상하지 않습니까? 장애를 이유로 당사자와 가족이
억압받는 것은 이제 끝내고 싶습니다. 그래서 이번에 원고들이

용기를 내서 일어나 주신 것에 감사하는 마음이에요. 이
용기가 쓸모없는 일이 되지 않도록, 사회에서 차별을 없애는
계기가 되도록 만들고 싶습니다."

어떤 결과가 나온다 해도 아이를 낳을 수 없었던 원고들의
인생은 바뀌지 않는다. 과거는 이미 되돌릴 수 없다. 그럼에도
이들이 싸우는 이유는 후지키 씨가 말한 것처럼 이 사회에서
차별을 없애겠다는 생각이 가슴속 깊이 자리 잡고 있기
때문이리라.

"젊은 사람들 중에는 우생보호법의 존재조차 모르는
사람도 있습니다. 그렇다고 우생보호법이 없었던 일이 되는
것은 아닙니다. 예를 들어보겠습니다. 지금은 농인이라도
운전면허를 취득할 수 있잖아요. 예전에는 그것조차
금지되었습니다. 많은 농인들이 들고 일어났지요. 그 덕분에
지금은 운전면허를 취득할 수 있게 된 것입니다. 사회가
변하는 배경에는 늘 이처럼 자신은 희생하더라도 주변
사람들을 위해 열심히 앞서 나가는 분들이 있습니다. 강제
불임 수술 같은 것은 없어진 '지금'이 있기까지 그 배경에는
강제 불임 수술로 고통받은 사람들이 있었다는 것을 잊지
말아야 합니다. 그러기 위해서라도 저는 그들과 함께 최후까지
투쟁할 생각입니다."

원고들의 나이를 생각해볼 때 남은 시간은 그리 길지 않다.
그들이 바라는 대로 결론이 나올까. 나는 기도하는 마음으로
후지키 씨와 이야기를 나누었다.

2022년 3월 센다이고등재판소

2022년 3월 나는 센다이고등재판소에 갔다. 미야기현에 사는 원고가 소송을 제기하여 열린 우생보호법 재판을 방청하기 위해서였다.

'우생 수술 피해자와 함께하는 미야기 모임'을 운영하는 요코가와 씨가 내게 함께 가자고 권해주었다. 나는 이 단체가 하는 공부 모임이나, 이 단체와 다른 단체가 함께 개최한 전국 집회에 몇 번 참석한 적이 있었기 때문에 이들을 한 번쯤 인터뷰해보고 싶었다. 인터뷰를 부탁하기 위해 연락을 하자, 요코가와 씨가 "이렇게 된 김에 재판 방청도 해보세요"라며 추천해준 것이다. 아오바도리역에 내려 요코가와 씨와 만나기로 한 장소로 걸어갔다. 도쿄에는 이미 봄기운이 감돌았지만 미야기의 3월은 아직 쌀쌀했다. 나는 코트를 걸치고 종종걸음으로 걸어갔다.

센다이고등재판소 바로 앞에 있는 작은 카페. 요코가와 씨와 만나기로 한 곳이다. 카페에 도착하자 나와 같은 세대로 보이는 여성이 고개 숙여 인사를 했다. 요코가와 씨였다. 요코가와 씨 옆에는 전동 휠체어에 앉은 남성 한 명과 그를 돕는 사람 한 명, 그리고 또 다른 여성 한 명이 있었다.

남성은 오이카와 도모 씨라고 했다. 뇌성마비 장애인 당사자의 입장에서 강제 불임 수술 피해자를 지원하고 있다고 한다. 다른 여성 한 명은 도호쿠가쿠인대학 공생사회경제학과 부교수 구로사카 아이 씨였다. 한센병 문제를 연구하다가 모임에 들어오게 되었다고 한다.

요코가와 씨는 비통한 얼굴을 하고 입을 열었다.

"교토의 자립생활센터에 취직하면서 장애운동을 시작하게
되었습니다. 거기서 실제로 차별하는 모습을 많이 보고 듣기도
했거든요. 그 과정에서 우생보호법의 존재도 알게 되었습니다.
교토신문 기자가 발견한 우생 수술 기록을 보았는데요, 당시에
아직 열두 살도 되지 않은 여자아이가 불임 수술을 받기도
했더라고요. 어찌나 충격이 컸던지요. 그래도 이제는 더 이상
일어나지 않는 과거의 문제라고 생각했어요. 그런데 미야기에
이사를 와서 현 내에서 소송을 하겠다는 피해자들을 알게
되었습니다. 그중 한 분이 열다섯 살 즈음에 수술을 받았다고
했어요. 바로 내 눈 앞에 있는 여성이 중학교 때 그런 심한
일을 당했다고 생각하니까, 세상에……. 그때 비로소 이건
과거의 문제가 아니라 지금까지도 이어지고 있는 문제라는
걸 깨달았지요. 그래서 함께 싸우자고 마음먹었고, 이 모임도
만들게 된 것입니다."

현재 우생보호법 재판은 전국에서 진행 중이다. 피해자들이
목소리를 높이게 된 계기는 2018년 1월 미야기현의
재판이었다. 이 재판은 많은 주목을 받았으며, 주요 방송
매체에서도 크게 다루어주었다. 하지만 미야기에 사는 피해자
가운데 한 사람인 이즈카 준코 씨(가명)는 이미 20년 전부터
피해 사실을 호소했다고 한다.

"이즈카 준코 씨는 몇 번이나 후생노동성 등을

찾아갔습니다. 그때마다 기자에게도 연락을 했다고 해요. 하지만 아주 조그만 기사로 다루어질 뿐이었지요. 그러다가 2018년에 국가를 상대로 소송을 제기했더니 일제히 주목을 받게 된 것입니다. 재판을 계기로 전국에서 같은 피해를 입은 사람들이 목소리를 높일 수 있게 된 부분은 다행이라 생각합니다. 하지만 한편으로는 그렇게까지 하지 않으면 세상은 조금도 움직여주지 않는구나 싶기도 하지요."

홀로 그 싸움을 계속해온 이즈카 씨를 생각하면 오이카와 씨도 원통하다고 했다.

"20년 동안 이즈카 씨 혼자서 싸우게 할 게 아니라, 좀 더 빨리 연대할 수 있었다면 좋았을 텐데 말입니다. 그렇게 생각하니 정말 속상해요."

구로사카 씨가 "우생보호법이 계속해서 이어졌던 것은 국민 한 사람 한 사람의 책임이라고 생각합니다"라고 말을 이어갔다.

"국회에서 우생보호법이 성립되었을 때, 그리고 이후 오랜 시간 이 법이 유지되는 동안 우리는 이를 문제라고 보지 않았잖아요? 재판이 끝나더라도 이런 소수자 차별을 문제라고 생각하지 않는다면 같은 역사를 반복할 뿐이지 않을까 싶습니다. 공생 사회란 무엇인지 진지하게 고민해야 합니다."

장애인은 아직도 "만약 아이에게 유전이라도 되면 어떡해?"라는 말을 듣는다. 이는 '걱정'이라는 선의로 위장한 우생 사상이 아닐까. 기술적으로 더 자연스러운 형태의 생명

선별이 가능해진 이상, 구로사카 씨의 말처럼 '같은 역사를
반복할' 우려가 있다. 그러니 우리는 더욱 우생보호법 재판을
하나의 쐐기로 만들 필요가 있지 않을까.

인터뷰를 마치고 우리는 재판소로 향했다. 방청권을
받아들고 개정하기를 기다렸다. 대기실 공간에는 원고의
가족도 앉아 있어서 이야기를 나눌 수 있었다. 부모님이
농인이라는 것, 그래서 우생보호법은 남 이야기처럼
생각되지 않는다는 것 등을 이야기하자 "관심 가져주셔서
고맙습니다"라고 하셨다. 고맙다는 말을 들을 일이
아니었지만, 말문이 막힌 나는 곧바로 그렇지 않다고 부인하지
못했다.

드디어 개정 시간이 되어 한 사람씩 법정으로 들어갔다.
방청석에는 관계자들이 대부분이었고, 그 외에는
취재진이었다. 미야기현의 큰 뉴스로서 그 동향에 이목이
쏠렸다.

세 명의 재판관이 들어오고, 엄숙한 분위기 속에서 재판이
시작되었다. 이날은 기소 대리인인 변호사의 준비 서면
설명이 주가 되었다. 이때까지 전국에서 아홉 건의 재판이
진행되었는데, 그 가운데 여섯 개의 재판에서 국가의 배상
책임이 부정되었다. 그러나 오사카고등재판소에서는 '피해자
입장에서의 판결'이 내려졌다. 장애인들은 정보를 접하기가
어렵기 때문에 소송을 하지 못하는 사람들도 있다. 그러니

더욱 비장애인의 입장이 아니라 피해자의 입장에 서야 한다……. 변호사의 주장을 들으며 나는 몇 번이고 고개를 끄덕였다.

잠시 후 다음 재판 일정이 논의되고, 폐정이 선언되었다. 미야기에 사는 피해자들의 싸움은 아직까지 이어지고 있다. 재판이 끝난 뒤에 변호사회관에서 보고회가 있다고 했다. 여기까지 온 김에 참석하기로 했다. 그런데, 가는 도중에 믿을 수 없는 이야기를 들었다.

"강제 불임 수술 건수가 가장 많았던 곳은 홋카이도입니다. 미야기현은 그다음으로 많았어요."

6장

어머니의 출산

재판을 방청하고 도쿄로 돌아온 뒤에도 얼마간 나는 마음이 어두웠다. 미야기현의 강제 불임 수술 건수가 홋카이도 다음으로 많았다니…… 이 사실을 알고 나자 어머니와 아버지가 처해 있던 상황이 더욱 어둡게 느껴졌다. 항상 웃고 있던 어머니와 퉁명스럽지만 실은 다정한 아버지. 내가 두 사람의 아이로 태어난 것은 거의 기적에 가까운 일이었지 않은가.

그런데 어찌하여 미야기현에서 강제 불임 수술이 그렇게 많이 실시되었을까? 그런 의문을 품은 나에게 요코가와 씨가 한 여성을 소개해주었다. 도시미쓰 게이코 씨다. 리쓰메이칸대학의 생존학연구소에 적을 둔 도시미쓰 씨는 우생보호법 중에서도 특히 강제 불임 수술의 실태를 조사하고 있었다. 미야기현에도 몇 번이나 들러 이즈카 준코 씨를 비롯한 피해자들의 증언을 모았다.

"미야기현에서 실시된 강제 불임 수술에 관해 알려주실 수 있습니까?"

도시미쓰 씨는 기꺼이 나의 부탁을 들어주겠다는 회신을 보내주었다.

사랑의 10만 인 운동

정부 통계에 따르면 미야기현 내에서 강제 불임 수술을 받은 사람은 1406명에 이른다고 한다. 그 가운데 현에서 보유한

자료에서 개인을 특정할 수 있는 경우는 900건. 1960년과
1974년에는, 글쎄 9세 아이가 수술을 받기도 했다. 현 내에서
가장 어린 피해자다. 그 외에도 10~14세 정도의, 스스로
판단을 내리기 어려운 나이의 피해자들이 있었다.

"전국적인 추이를 보면 1950년대 후반부터 강제 불임
수술 건수가 감소하는 추세였습니다. 그런데 미야기현만
이상하게도 눈에 띄는 추이를 보였습니다. 1950년대 후반
이후에도 계속 증가 추세였고, 1963~1965년 사이에 정점을
찍었으며, 1970년대 초반까지는 수술이 많이 이루어졌어요."

전체적으로 감소 추세를 보이는 가운데 왜 미야기현만 수술
건수가 늘어난 것일까? 이 현상은 1960년대 전후 미야기현
내에서 활발하게 벌어진 '사랑의 10만 인 운동'과 관련이 있다.

1956년, 미야기현에서 한 곳뿐이었던 중증 지적장애인 시설
'기테이엔龜亭園'이 화재로 소실되었다. 이를 계기로 다음 해인
1957년에 의료, 복지, 교육 관계자들이 총동원되어 '미야기현
정신박약아 복지협회'가 설립되었다. 행정 기관까지 하나가
되어 '사랑의 10만 인 운동'을 전개한 것이다.*

"이 모임의 취의서趣意書**에 따르면 중요한 임무 중
하나로 '우생 보호 사상을 널리 알리고 미야기 현민의
자질을 높인다'는 항목이 있습니다. 뿐만 아니라 '유전성
정신박약아의 증가를 막기 위해 철저히 우생 수술을 실시할
것'이라고 강조되어 있습니다. 우생 사상에 기초한 정책으로

---

* 1인당 100엔씩 10만 명이 1000만 엔을 모아 소실된 장애인
시설을 다시 짓자는 뜻에서 10만이라는 숫자가 나왔다.

** 어떤 일의 근본이 되는 목적이나 긴요한 뜻을 적은 글.

유명한 것 가운데 효고현에서 실시한 '불행한 아이 낳지
않기 운동'이 있는데요. 이 운동이 실행된 것은 1966년이니
미야기에서는 조금 더 이른 시점에 비슷한 운동을 시작했던
것이지요. 이런 이유로 미야기현에서 강제 불임 수술이
감소하지 않았던 것 같습니다."

'사랑의'라는 수식어가 보여주듯이 이 운동은 선의와 애정을
내세우며 추진되었다. 실제로 취의서에는 "유전성인 경우에는
그 부모와 자녀를 대상으로, 후천적인 경우에는 그 정박아
자녀를 대상으로 아이를 낳을 수 없도록 우생 수술을 할
필요가 있습니다. 이것이 그 부모와 아이의 행복입니다"라고
적혀 있다.

"지금은 장애가 있는 사람이 아이를 낳고 키울 수 있게
돕는 지원책들이 다양하게 갖춰져 있지 않습니까. 당시에는
그런 지원이 없었을 뿐만 아니라, 애초에 장애가 있는 사람이
아이를 낳을 가능성조차 생각하지 않은 것이죠. 그러니
'건강한 어머니의 건강한 아이'라는 '선의'에 기초해 모자 보건
정책을 만든 것입니다. 장애인 자녀를 둔 보호자의 입장에서도
'아이를 위하여'라는 이유로 수술을 허락했던 것이고요. 그런
시절이었다고 생각합니다."

'사랑의 10만 인 운동'에 의해 속도가 붙은 강제 불임 수술이
정점을 찍었을 무렵, 어머니는 열 살이었다. 수술을 받았다
해도 이상하지 않을 나이였다.

"피해를 입은 사람과 수술을 피한 사람의 차이는

타이밍이었다고 생각합니다. 당시에는 지금에 비해 정보가 부족했으니까요. 농인 커뮤니티 안에서 힘을 가진 사람, 예를 들어 농학교 교사 등이 수술을 권하니까 판단할 겨를도 없이 수술을 받아버리는 경우도 있었을 겁니다. 수술을 피할 수 있었던 사람은 정말로 운과 타이밍이 좋았던 것이라 생각합니다."

무엇을 빼앗겼는가

전일본농아연맹의 각 지방자치단체별 실태 조사 결과(2020년 8월 기준으로 47개의 가맹단체에서 실시했다)에 의하면 미야기현에서 장애를 이유로 불임 수술을 강요당했다고 증언한 농인은 남녀 모두 두 명씩이었다. 가장 많았던 곳은 시즈오카현으로 남성 다섯 명, 여성 열한 명이 피해를 입었다. 이에 비하면 미야기현의 인원수는 '적다'고 여겨질지도 모르겠다. 하지만 본래라면 '0명'이어야 한다. 단 한 명이라도 피해자가 있다면 거기에 어떤 문제가 있었는지 생각해봐야 한다. 게다가 골치 아픈 부분은 강제 불임 수술 피해자 가운데는 스스로 과거를 밝히지 않은 사람들도 있다는 것. 그러니까 이런 통계 뒤에는 숨겨진 숫자가 있다.

"더 골치 아픈 부분은 미야기현에서 1963년 무렵부터 기록된 우생 수술 대장입니다. 이것은 수술받은 사람의 명부 같은 것인데요. 그 이전에는 공문서를 작성하다가 1963년에

우생 수술 대장으로 바뀌었습니다. 이렇게 바뀌면서 기록이
잘 이행되지 못했던 거지요. 이즈카 준코 씨가 바로 그
예입니다. 이즈카 씨는 1963년에 수술을 받았지만 공문서는
소각 처분되었고, 우생 수술 대장에는 기록이 남아 있지
않았습니다. 그 때문에 소송을 진행하기가 몹시 어려웠고,
고생도 많이 했지요. 이런 식으로 시스템이 바뀌는 시점에
기록에서 지워진 피해자도 존재한다고 생각합니다."

강제 불임 수술의 피해자와도 몇 번 만나고, 도시미쓰
씨와도 계속해서 대화를 나누었다. 그 과정에서 알게 된 것도
있다.

"아이를 가질 기회를 빼앗겼다는 것. 단지 이것만을
슬퍼하는 것은 아닙니다. 많은 피해자가 불임 수술에 의한
장기 유착 등으로 통증과 후유증을 얻었고, 몸 곳곳이 망가져
죽기 직전까지 고생하고 있습니다. 피해자 가운데는 자궁과
난소까지 적출된 사람도 있고요. 난소에 방사선을 조사照射한
사례도 있었습니다. 남성의 경우, 관을 자르기만 한 것이
아니라 고환 자체를 적출한 일도 있었고요. 그렇게 하면
호르몬 균형이 깨져 건강에 몹시 심각한 피해를 입습니다.
또 이런 수술을 받은 경험 때문에 주위 사람들을 불신하게
되지요. 피해자들과 이야기를 나누다 보면 '너무 억울해'라는
말을 반복해서 듣게 됩니다. 그분들은 주위 사람들에 의해
'당신은 아이를 낳아서는 안 되는 사람이다'라는 낙인이
찍힌 거나 마찬가지잖아요. 그 비정한 낙인에서 비롯한 자기

부정의 감정이 계속 이어지고 있습니다. 강제 불임 수술은
그렇게 몸과 마음에 상처를 남기고, 평생을 쫓아다니며
괴롭힌답니다."

우생보호법은 없어졌다. 그러나 강제 불임 수술에 의한
피해는 지금도 여전히 이어지고 있기 때문에 그러한
역사를 계속해서 문제 삼는 사람들이 있다. 즉 피해를
입은 당사자뿐만 아니라 다양한 입장의 사람들이 예전의
우생보호법을 비판하고 있다. 그럼에도 불구하고 사회 전체에
만연한 우생 사상 자체는 사라지지 않고 있는 것 아닐까.
도시미쓰 씨는 그것을 염려했다.

"의료 기술의 발달과 더불어 '장애는 없는 편이 좋다'라는
사고방식이 더욱 빠른 속도로 퍼지고 있지 않습니까? 특히
'산전 검사' 같은 것은 정말로 그러한 사고방식을 기반으로
탄생한 기술이겠지요. 최근에는 '착상 전 검사'라는 것까지
나왔습니다. 우생보호법 재판이 주목받으면서 강제 불임
수술은 말도 안 되는 차별이었고 커다란 사회문제였다는
생각이 자리 잡고 있지만, 다른 한편으로 의료 현장에서는
출생 전 진단 기술이 점점 발전하고 있습니다. 국가도 이에
관여하며 시스템화하려는 모습도 보이고 있고요."

이를 논의하는 자리에서 중요하게 여겨지는 것은 바로
자기결정권의 유무다. 스스로 동의한 중절이라면 어디까지나
자기 책임이 된다. 우생보호법 피해자 가운데도 수술에
'동의'한 사람들이 있다. 하지만 그건 이름뿐인 동의다. 그

사람들 혹은 그 보호자들은 몇 번이고 수술을 요구당한 끝에 더 이상 피할 길이 없어 울면서 동의서에 도장을 찍었다. 이를 자기 책임이라는 말로 정리해버릴 수는 없다.

출생 전 진단의 결과로 중절을 선택한 경우도 임신한 여성의 자기결정이라 여겨지곤 하지만, 사실상 거기에 있는 것은 사회의 억압에 의해 원치 않는 선택을 강요당하는 부조리한 구조가 아닐까?

"그것이 정말로 자기결정일까요? 장애가 없는 아이를 키운대도 '일을 계속할 수 있을까?', '어린이집에 보낼 수 있을까?', '경제적으로 문제는 없을까?' 등등 다양한 고민을 하게 됩니다. 그에 더해 배 속에 있는 아이가 장애아라는 것을 알게 된다면 불안은 더 심해지겠지요. 사회의 이해가 충분하지 않은 상황에서 장애아를 키울 수 있을까. 그런 고민의 결과로 중절을 선택하는 여성도 있을 것입니다. 이는 자기결정이었다기보다는 사회의 억압에 의한 결정이라고 표현하는 것이 옳지 않은가 싶은 것이지요."

"만약 들리지 않는 아이가 태어난다면 어떡할 거야?"

"두 사람이 결혼해서 만약 아이가 생긴다면 그 아이는 내가 대신 키워줄게."

사에코가 직면해야 했던 말들. 이는 사에코에게 얼마나 큰 억압이었을까.

가해자의 자손

어머니의 과거를 취재하는 과정에서 마음이 따뜻해지는
일화를 많이 들었다. 두 언니와의 연대를 재확인하고, 은사인
오누마 선생님과 보낸 나날들에 대해 알게 된 것은 나에게
상상 이상의 큰 기쁨이었다.

하지만 숨 쉬기조차 힘들 정도로 아픔을 느낀 적도 있다.
우생보호법에 관해 조사를 하면 할수록 내 속은 엉망이
되었다. 어머니가 피해자가 되지 않아 다행이라는 안도감과
피해자가 있는데도 그런 생각을 하는 나 자신에 대한
죄책감, 그리고 내 생명을 좌지우지할 수도 있었던 법률이
존재했었다는 공포가 교차하여 감정 조절에 어려움을 겪기도
했다.

그럼에도 어머니의 과거를 알고 싶었다. 이 충동은
무엇일까. 스스로도 설명할 수 없는 마음을 품고 있던 나는
한 여성을 알게 되었다. 도호쿠에 살고 있는 아키 씨였다.
나보다 조금 나이가 많은 아키 씨를 만난 건 2021년에 참여한
우생보호법에 관한 온라인 공부 모임에서였다.

모임 후반에 참여자들에게 질문하는 시간이 있었다. 나는 내
성장 과정과 어머니와 아버지가 피해자가 될 수도 있었다는
이야기를 함께 전하면서 질문했다. 그랬더니 한 참가자가 내게
온라인 메시지를 보냈다. 거기에는 이렇게 쓰여 있었다.

"저는 우생보호법을 실행한 사람의 자손입니다."

그 메시지를 보낸 사람이 바로 아키 씨였다. 피해자 측과

가해자 측. 각각의 자손이 만난 놀라운 순간이었다. 깜짝 놀란 채로 급히 답을 보냈다.

"아키 씨, 처음 뵙겠습니다. 괜찮으시면 나중에 말씀 좀 나누고 싶은데요."

아키 씨는 현재 정신보건복지사와 사회복지사 자격증을 가지고 사회복지사로 일하고 있다. 그래서일까. 내가 안심할 수 있는 방식으로 이야기를 진행했다.

아키 씨의 가족과 친지 가운데는 의사와 약제사, 이과 계통의 연구자가 많다고 한다. 하지만 아키 씨는 의료 이외의 영역에서 할 수 있는 케어에 관심을 가졌다. 아키 씨의 할아버지가 우생보호법과 관련된 인물이었고, 이를 아키 씨가 알게 된 것은 2013년경이었다.

"당시는 정신보건복지사 자격증을 따려고 필사적으로 공부하던 때였어요. 문득 할아버지가 하던 일이 생각나는 거예요. 할아버지는 보건소 소장이었거든요. 그래서 할아버지가 행정 기관으로서 발간하던 몇 년 치 보고서를 살펴보기로 했지요. 과거에 있었던 감염증과 환경 개선 방법 등에 관해 쓰여 있어서 제 공부에 도움이 될 것 같았습니다. 그런 마음으로 읽고 있는데, 그 보고서에 우생보호법에 의한 강제 불임 수술에 대해 쓰여 있는 거예요. 상담 건수, 수술 건수 같은 것이 분명하게 정리되어 있었지요. 그러니까 할아버지는 보건소 소장으로서 지역의 강제 불임 수술을 관리하고 있었던 것입니다."

그동안 몰랐던 할아버지의 과거를 알게 된 순간, 아키 씨는
당혹스러웠다고 했다.

"믿을 수 없다는 생각과 함께 어딘가 납득이 되는
부분도 있었습니다. 정신보건복지사 공부를 시작하면서
우생보호법이라는 말을 알게 되고, 어쩌면 할아버지도
연관되어 있을지도 모른다고 막연히 짐작하고 있었거든요.
시행되던 당시에는 그것이 정부 시책이었으니 할아버지는
행정 업무로서 묵묵히 수행했는지도 모르겠습니다. 하지만
저 말고 다른 가족은 알고 있었는지 모르고 있었는지…….
혹시 제게 일부러 알려주지 않았던 것인지. 할아버지한테
확인해보고 싶은 일들이 너무 많아서 상당히 힘들었습니다."

아키 씨의 할아버지는 1911년에 태어나 1995년에
돌아가셨다. 일본에 우생학이 널리 퍼진 것이 1910년대였고,
우생보호법이 1996년까지 유지되었던 것을 생각해보면 그는
줄곧 우생학을 긍정하던 시대를 살았던 것이다.

"어째서 우생학에 반대하지 않았을까. 신경 쓰이는 일이
너무 많습니다. 하지만 우생학이 있는 시대에 태어나 그
안에서 살아왔으니 자기와 연관된 일을 의심한다는 것 자체가
어렵지 않았을까 싶기도 합니다."

할아버지는 결코 사람을 차별하지 않았다고 한다. 일의
종류나 재산의 유무, 국적 같은 것으로 사람을 판단하거나
편을 가르지 않고 두루 사람들을 사귀는 분이었단다.

"그런 할아버지를 보고 자랐기 때문에 저 역시 차별을
싫어합니다. 어떤 사람에게든 바로 말을 걸 수 있어요.
누구와도 친구가 되곤 하거든요. 제게 할아버지는 사람을
어떻게 사귀는지를 보여준 본보기 같은 존재였습니다. 그렇기
때문에 할아버지가 우생보호법과 관련이 있다는 사실을
알았을 때 그 간극이 너무 커서 충격을 받았습니다."

새로운 생활

나는 아키 씨가 받은 충격을 상상조차 할 수 없다. 내가
우생보호법에 대해 갖는 감정을 크게 두 가지로 나눈다면
성남과 분노 정도이리라. 강제 불임 수술을 피할 수 있었던
어머니와 아버지, 그리고 피해자로서 국가와 싸우고 있는
사람들. 양쪽의 인생을 바로 앞에서 지켜보고 있으면 복잡한
기분이 되지만 결국에는 화를 내거나 분노하는 쪽으로
수렴된다. 이렇게 취재를 거듭하여 내 감정을 문장으로
옮기는 것도 그런 이유 때문일 것이다. 내가 이 정도이니 아키
씨의 마음속은 나보다 훨씬 더 복잡하고 엉망이지 않을까.
"저는 지금도 할아버지를 좋아해요. 정말로 저를
귀여워해주셨어요. 어떻게 살아가야 할지 지혜를
알려주셨어요. 하지만 나에게는 알려주지 않았던
할아버지만의 역사가 있었던 거죠. 그걸 알게 되니 도대체
어떻게 받아들여야 할지 모르겠어요. 할 수만 있다면 직접

들어보고 싶어요. 도대체 어떤 마음으로 그랬어? 물론 그건
잔인한 일이라는 것도 이해하고 있습니다. 치열한 시대에
자신이 맡은 일을 해내는 데 온 힘을 다 쏟았는지도 모르지요.
그 시절 일은 말하고 싶지 않은 과거일 수도 있고요. 그걸 서랍
속에 감춰둔다 해도 그건 할아버지의 자유이겠지요. 그래도
알고 싶으니 저는 개인적으로 여러 가지 조사를 하고 있어요.
이가라시 씨에게 말을 건 것도 우생보호법을 여러 측면에서
살펴보고 싶었기 때문입니다."

할아버지의 과거를 조사하는 가운데 아키 씨는 '자신이 해야
할 일'을 알게 되었다고 한다.

"우생보호법에 의해 강제 불임 수술을 받은 사람들에게
320만 엔을 지불하라는 일시금 지급 제도가 성립되었습니다."

이 제도가 만들어진 것은 2019년이다. 아이를 낳을 수 있는
능력을 빼앗긴 피해자에게 320만 엔은 너무나 적은 금액이다.
그뿐만 아니라 위헌성 같은 것은 인정되지 않았고 국가의
사죄도 없었다. 우생보호법 피해 변호단의 일원인 후지키
씨가 말한 것처럼 피해자들이 정말로 바라는 것은 '국가의
사죄'이다. 사죄가 없으니 일시금 지급 제도에 반발하는
사람이 많은 것도 당연했다. 그럼에도…….

"물론 이것으로 모든 일이 해결되리라고는 생각하지
않습니다. 저는 그저 혹시라도 이 제도조차 모르는 피해자가
있다면 사회복지사로서 알려드리려고요. 이건 제가 해야 할 일
가운데 하나입니다. 할아버지가 한 일이 밝혀진 뒤에 '가해자

측 자손'이라는 생각 때문에 괴로운 것은 사실이지만, 다른
한편에 '사회복지사로서의 나'가 존재하는 것도 사실입니다.
그러니 먼저 스스로 할 수 있는 일을 찾아 해나가려 합니다."

그렇게 하고도 아키 씨의 마음은 완벽하게 후련해지지
않았다. 가슴속은 아직도 안개가 낀 것처럼 막막하고, 손으로
더듬어야 겨우 한 걸음 나아갈 수 있을 것 같은 상태였다.
앞으로 한동안은 할아버지에 대해, 그리고 우생보호법이
있었던 시절에 대해 조사하는 나날이 이어질 것이다.

"피해를 입은 당사자와 그 가족은 물론이겠지만 가해자
측 자손도 몹시 괴로워요. 이런 측면에서 우생보호법은 모든
사람을 괴롭힌 법률이었다고 생각합니다. 공부하면 할수록
뭐라고 말해야 좋을지 알 수 없게 됩니다. 당시에는 국가가
인정하고 있었는데, 할아버지 같은 개인이 과연 그것을 부정할
수 있었을까? 어렵지 않았을까?"

이 대목에서 아키 씨는 잠시 숨을 돌리고 말을 이어갔다. 더
이상 잘못을 반복하지 않기 위해 아키 씨 나름대로 낸 결론
같은 것이었다.

"저는 커다란 흐름에 휩쓸리는 것이 몹시 두렵습니다.
지금은 다양성 있는 사회를 목표로 하고 있잖아요? 그것
자체는 찬성입니다. 하지만 그 안에는 '어쩐 일인지 모두
찬성하니까 나도 찬성해야겠다'라고 생각하는 사람도 있는
것 같습니다. 그것은 사고정지일 뿐이에요. 그런 태도로
살아가는 사람이 많아지면, 우생보호법 같은 법률이 또

생겼을 때 주위의 분위기에 휩쓸려서 찬성해버릴지도 몰라요.
당시에도 공익을 위해서 찬성하는 사람들이 있었으니까요.
그러니 우생보호법 재판을 계기로 눈앞에서 일어나는 일이
정말로 옳은지 생각해보는 습관을 모두가 지닐 수 있게 만들고
싶어요.”

마지막으로 아키 씨는 이렇게 덧붙였다.

“제 가족사에 관해서 주위 사람들에게는 이야기하지
않았습니다. 언젠가 말할 수 있는 때가 올지도 모르겠네요.
입장은 다르지만 이렇게 이야기를 나눌 수 있어서 마음이 많이
편해졌습니다.”

아키 씨와의 교류는 지금까지도 이어지고 있다. 생각날
때마다 서로 근황을 보고하는 메일을 보낸다. 답장은 하지
않아도 상관없다. 이런 규칙을 세우고 그저 마음속에 쌓인
것을 토해내는 메일을 주고받는다. 나와 아키 씨는 친구
사이는 아니다. 하지만 앞으로도 줄곧 우리 두 사람의 인연이
이어질 것만 같은 기분이 든다.

내 이름 ‘다, 이’

고지의 어머니가 사귀는 것을 반대하기는 했지만 그렇다고
사에코와 고지가 헤어지지는 않았다. 그런 두 사람을 보고
모두가 납득한 것인지도 모르겠다. 결국 두 사람의 교제를
반대하는 의견은 없어졌다.

두 사람이 결혼해 가족이 된 것은 사에코가 스물여섯 살이
되었을 즈음이다. 결혼을 결정했을 때 가장 쓸쓸해한 사람은
긴조였다. 신부가 된 모습을 보고 싶으니 꼭 결혼식을 하라고
했지만, 사에코는 고지와 상의하여 혼인신고만 하기로 했다.
부부가 된 두 사람은 센다이의 작은 아파트를 빌려 신혼
생활을 시작했다.

〈아버지가 계속 같이 살자고 하는 거야. 결혼했다고
집을 나갈 필요는 없다면서. 하지만 나는 고지 군과 둘이서
살아보고 싶었어. 그래서 아파트를 빌리기로 했지.〉

그곳에서의 생활은 예상보다 즐거웠다. 둘이 새로운
생활을 시작한 것을 알게 된 친구들이 자주 놀러 와서 매일이
재미있었다. 비슷한 시기에 농학교 시절의 동급생 커플도
결혼을 해서 넷이서 여행을 하기도 했다. 가마쿠라, 홋카이도
등 여기저기를 다녔다.

어머니의 앨범에는 당시의 사진이 아직 남아 있다. 그
시절을 느끼게 하는 머리 모양과 차림새를 한 어머니와
아버지가 친구 부부와 만면에 미소를 띤 채 찍은 사진들이다.
농학교 시절이 제1의 청춘이었다면 신혼 시절은 제2의
청춘이었으리라. 앨범을 넘기면 그런 사진이 가득했다.

같은 아파트에 사는 주민은 모두 친절한 사람이었다.

〈특히 이웃집에 사는 여자 분이 정말 착한 사람이었어.
곤란한 일이 생기면 언제든지 도와줬지. 한번은 대신 전화를

걸어주어서 고맙다고 하니까 '같은 처지잖아요'라면서
웃어주더라고. 아무런 걱정 없는 매일이었단다.〉

사에코의 생각과 달리 긴조는 두 사람의 생활을 걱정했다.
들리지 않는 사람만 둘이 있으면 불편한 점이 많을 거라
불안해하며 한동안 계속해서 "집으로 들어오지 않을래"라고
제안했다고 한다. 고지에게 이야기했더니 〈같이 살아도
괜찮아〉라고 해서 사에코는 시오가마의 부모님 집으로 돌아가
긴조, 나에코와 더불어 넷이서 살기 시작했다.

〈고지 군은 별로 신경을 안 쓰는 편이니까 괜찮았을지도
모르지만 나는 같이 사는 거 불만이었어. 농학교 친구들이
불편해서 안 놀러 오게 되었잖아? 그리고 엄마랑도 자꾸
싸우게 되고. 짜증이 났지.〉

임신했다는 걸 알게 된 것은 스물아홉 살 때였다.
이상하게도 생리가 오지 않아서 혹시나 하고 산부인과에
가보았더니 임신 2개월이라고 했다. 사에코의 귀가 들리지
않는 것을 알았던 담당 의사는 필담으로 "축하드립니다!"라며
인사를 건넸다고 한다.

임신한 것을 알리자 긴조와 나에코도 기뻐해주었다.
특히 긴조는 쌍수를 들고 기뻐했다. 몇 번이나 "아들이면
좋겠다"라고 말했다고 한다. 고지는 이런 긴조의 말을 받아서
〈둘째는 딸이면 좋겠네요〉라며 벌써부터 둘째 타령을 했단다.

나에코는 기뻐하면서도 역시나 "혹시라도 들리지 않는
아이가 태어난다면 어떻게 키워야 하나"라면서 불안한 모습을

보였다. 몇 번째인가의 검진에서 남자아이인 것을 알았다. 바라던 아들이었기 때문에 긴조는 어린아이처럼 기뻐했다.

〈왜 그렇게까지 아들을 바랐을까?〉

내 물음에 어머니는 할아버지의 과거를 알려주었다.

〈사실은 말이야, 우리 세 자매가 태어나기 전에 아들이 있었대. 그런데 태어나자마자 바로 죽어버렸다더라고. 아버지가 그걸 계속 잊지 못하고 아들 하나 낳자고 어머니한테 이야기를 했다는데, 나중에 태어난 건 우리 세 자매잖아? 그 소원이 이루어지지 않아서 실망했겠지. 그런데 이렇게 같이 살게 된 내가 아들을 임신한 거지. 그래서 마치 당신이 부모가 된 것처럼 기뻐한 거라고 해.〉

어머니의 이야기에서 미처 몰랐던 할아버지의 일면을 하나 더 알게 되었다.

〈게다가 네 이름을 지어준 사람이 우리 아버지야. 혹시라도 무슨 일이 생겼을 때 내가 부르기 쉬우라고 '다, 이'라고 지은 거야. 크게 자라주면 좋겠다는 바람도 있었지만, 가장 먼저 생각한 것은 나와 고지 군이 부르기 쉬운 이름인지 아닌지였어.〉

딸에게 애정을 쏟았던 할아버지는 손자인 나에게도 애정을 듬뿍 쏟았다. 하지만 나는 그런 것도 모르고 반항만 할 뿐이었다. 이제 와서 깨달아봤자 이미 늦었다. 긴조는 이제 없다. 내 목소리는 전해지지 않는다.

그럼에도 나는 〈할아버지에게 사과하고 싶다〉라고 했다.

나의 말을 이해한 어머니는 알쏭달쏭한 미소를 지었다.

"내 귀는 들리지 않아"

어머니는 나를 낳았을 때를 선명하게 기억하고 있다. 목욕을
하는 중이었다고 한다.

〈그날, 유미 짱이 놀러 왔어. 다 같이 밥을 먹고 나서 목욕을
하려고 했더니 글쎄 양수가 터진 거야. 유미 짱은 간호사잖아.
그래서 봤더니 곧 태어날 거라는 거야. 난리도 아니었지. 유미
짱이랑 같이 병원에 가니까 그대로 분만실로 옮겨주더라고.
의사 선생님도 간호사 선생님도 "힘내", "조금만 더"라고 입을
크게 벌리면서 이야기를 해주어서 무슨 말을 하는지 이해가
됐어. 어려운 말은 유미 짱이 통역을 해줬고. 그러니까 소통이
어려웠던 건 아닌데 아무리 해도 힘을 못 주겠는 거야. 결국
제왕절개를 하게 되었지.〉

시간이 아주 많이 걸려서 내가 이 세상에 태어난 것은
그다음 날 아침이었다.

사에코가 아기와 얼굴을 마주한 것은 마취에서 깨어난
이후였다. 잠에서 깨어나 처음으로 내 얼굴을 보았을 때의
감동을 잊을 수가 없단다.

〈아기인 너를 보았을 때 정말로 기뻤어. 아버지도 어머니도
유미 짱도 삿 짱도 고지 군도 모두 달려와서 정말 정신이

없었단다. 몇 주 정도 입원을 했는데 모두 매일 놀러 와줬어. 특히 고지 군은 일이 끝나면 차를 몰고 왔지. 그런데 말이야. 너무 서두르다가 그만 속도위반으로 잡히기도 했어. 그 정도로 아들을 만나고 싶었던 거야.〉

〈그즈음 내 귀가 들리는지 아닌지 모두 궁금해했어?〉

〈아니, 들리는지 아닌지 물어보는 사람은 없었어. 그런데 나는 말이야, 태어나면서부터 들리지 않았던 내가 낳은 아기는 분명히 들리지 않을 거라고 생각했어. 그런데 의사 선생님이 "이 아이는 들리는 모양이에요"라고 말해줘서 안심했지. 들린다고 하니 모두 다 기뻐했던 것 같아.〉

퇴원한 뒤에는 초보 엄마의 나날이 시작되었다. 나에코와 두 언니에게 육아를 배우며 매일같이 시행착오를 거듭했다. 아이가 두 살이 되기도 전에 사에코는 자기가 농인이라는 것을 아이에게 전했다.

〈내 귀는 들리지 않아. 그렇게 천천히 알려주었어.〉

그러자 아들은 비밀 이야기를 하는 것처럼 사에코의 귀에 손을 대고는 거기에다 뭐라고 말을 했단다. 하지만 당연하게도 사에코에게는 들리지 않았다. 그래서 사에코는 다시 한번 귀가 들리지 않는다고 설명했다.

〈그랬더니 정말 깜짝 놀란 얼굴이 되었어. 한동안은 내게 말을 걸지 않더라고. 들리지 않는 사람과 어떻게 소통해야 하는지 몰랐을 거야. 어머니랑 함께 있을 때는 열심히 말을 하더니 나랑 둘만 남으면 갑자기 조용해지곤 했어. 그 모습을

보고는 들리지 않는다는 말을 너무 빨리 했나 미안한 마음이
들었지. 유치원에 들어갈 무렵에 수어를 한번 가르쳐보았어.
'엄마', '아빠', '어째서', '맛있어' 같은 간단한 수어 말이야.
그랬더니 바로 흉내를 내고 기억을 하더라. 그렇게 조금씩
수어로 이야기를 나누게 된 거란다.〉

　당연한 일이지만 그즈음의 기억은 하나도 없다. 그러니
어머니가 내게 처음으로 '귀가 들리지 않는 것'을 고백했을 때
내가 무슨 생각을 했는지는 알 수 없다. 어머니의 말대로라면
어린 주제에 당황을 했는지도 모르겠다.

　이후에는 수어를 배워서 조금씩 소통할 수 있게 되었다.
그때의 나는 어머니와 이야기를 나눌 수 있는 수어라는 언어를
아주 자연스럽게 받아들였을 것이다. 하나씩 가르쳐줄 때마다
물을 마시듯이 흡수했을 것이다.

　어린 시절 이야기를 하는 나를 어머니는 마치 사랑스러운
것을 보듯 미소를 머금고 바라보았다. 그런 어머니에게
마지막으로 꼭 물어보고 싶었던 질문을 던져보았다.

　결국 나는 들리는 아이였지만, 사실은 어땠으면 했어?

　들리는 아이와 들리지 않는 아이, 어느 쪽을 원했어?

　〈아기의 귀가 들리든 안 들리든 어느 쪽이든 좋다고
생각했어. 내 아이라면 그런 거 아무 상관없었어. …… 하지만,
만약 고를 수 있다면 들리는 아이였으면 좋겠다고 생각했어.〉

　〈그건 왜?〉

내가 천천히 손을 움직이자 어머니도 천천히 대답해주었다.

〈나는 태어날 때부터 들리지 않아서 정말 고생을 많이
했어. 들리는 언니들이 노래를 부르고 춤을 추는 걸 보면서
부러워하기도 했고, 싸울 때마다 "왜 모르는 거야!"라는 말을
듣는 것도 속상했어. 내 아이는 그런 경험을 하게 하고 싶지
않았어. 네 귀가 들린다는 것을 알았을 때 아아, 이 아이는 나와
똑같은 상황에 처하지 않을 테니 다행이다 싶었지. 얼마나
안심했는데.〉

우생보호법이라는 법률이 있던 시대에 사랑하는 사람과
만나 그 사람과 아이를 만든 어머니. 그런 인생을 걸을 수
있었던 것은 축복받은 가정환경 때문이 아니었다. 그저 운이
좋았을 뿐이다. 운명의 수레바퀴가 잘못 굴러갔다면 어머니
역시 우생보호법의 피해자가 되었을 것이다. 그랬다면 나는
여기에 존재하지 않을 것이다.

이 취재를 하면서 몇 시간이나 어머니와 마주했다. 몰랐던
과거 이야기를 많이 들었다. 거기에는 분명 차별과 편견이
숨어 있었다. 그럼에도 어머니는 원망하지 않았다. 실은
화내고 싶고 울고 싶은 일도 많았으리라. 하지만 그것을 말로
하지 않았다. 어머니가 이야기해준 것은 자신의 인생에 있었던
행복한 순간들뿐이었다.

그런 어머니의 인생을 앞에 두고 내 마음속은 엉망이
되었다. 어머니가 행복했다는 것을 납득하면서도 그 배경에

있었던 여러 가지를 상상하면 분노와 슬픔이 얼굴 표정으로 나오려 했다. 하지만 그런 마음조차도 전하지 못하고 나는 그저 어색하게 웃으며 눈물을 참을 뿐이었다.

에필로그

귀가 들리지 않는 부모 밑에서 큰 나는 '코다'라고 불리는 존재다. 최근에 드라마나 영화의 소재가 되는 일도 많아서 코다의 존재가 조금씩 사회 속으로 스며드는 것을 실감하고 있다.

코다에게는 그 성장 과정에서 비롯한 특유의 고민이 있다. 그 가운데 하나는 '부모와 자신의 다른 점을 당혹스러워한다'일 것이다. 나도 바로 그 문제에 직면했었다. 어째서 나는 엄마, 아빠와 '다른' 것일까? 어린 시절에 자주 이런 생각을 했다. 두 사람이 눈앞에서 즐겁게 이야기를 나눌 때 나는 그 대화에 잘 끼어들지 못했다. 그들이 나를 외부인 취급을 해서가 아니라, 내가 그들과 같은 언어를 가지고 있지 않기 때문이었다.

나는 어머니와 아버지처럼 유창하게 수어를 할 수 없었다. 한 발짝 밖으로 나가면 음성 일본어의 세상이 있었다. 수어를 발견하는 일은 거의 없었다. 할아버지와 할머니의 영향도 있어서 집 안에서도 수어를 할 기회가 적었다. 그럼에도 부모님이 대화하는 것을 흉내 내며 조금씩 수어를 배워갔다. 그러나 나의 사고와 감정의 회로가 복잡해지는 속도를 수어 습득 속도가 따라잡지 못했다. 성장하면서 '전하고 싶은 말'과 '전할 수 있는 말'이 점점 분리되었다. 어머니와 아버지처럼 수어가 첫 번째 말이라면 나도 두 사람과 소통할 수 있을 텐데. 들리는 귀를 가지고 만 나는 그 바람을 이룰 수 없었다.

몇 번이고 나는 어머니, 아버지와 '같아지고' 싶었다. 두
사람이 몹시도 좋았는데 우리 사이에는 선이 그어져 있어
그것을 넘어갈 수 없다는 것이 답답하고 억울하고 슬펐다.

　〈만약 고를 수 있다면 들리는 아이였으면 좋겠다고
생각했어.〉

　어머니는 내게 이렇게 말했다. 자기들과는 다른 '들리는
아이'였으면 좋겠다고. 물론 나를 위해서 그렇게 생각한
것이다. 차별당하지 않도록, 편견을 마주하지 않도록,
외로움을 느끼지 않도록 말이다. 거기에 깃든 마음은 자신이
겪은 고통이 아이의 인생에서는 반복되지 않았으면 하는
어머니 나름의 애정이었을 것이다. 그 작은 바람이야말로
어머니가 어린 시절부터 경험한 차별과 편견에 대한 하나의
증언이지 않을까. 이제 와서 그런 생각이 든다.

　어린 시절 나는 어머니의 그런 마음을 알아채지 못했다.
'차이'에 외로움을 느끼고, '만약 내 귀가 안 들렸다면 두
사람과 제대로 이야기를 나눌 수 있었을까' 같은 공상을 했다.
이미 먼 과거의 이야기다.

　하지만 지금은 들리지 않는 부모의 들리는 아이로 태어나서
다행이라고 생각한다. 어머니, 아버지와 지내는 동안 알게 된
것이 있으니까. '차이'는 넘어설 수 있다는 것. 전제 조건부터
완전히 다르다 해도 상대방과 마주 보고 계속해서 이야기를
나눈다면 엉키고 끊어질 듯 보이는 실도 이어질 수 있다.

서로가 서로를 이해하고 싶어 한다면 아무것도 문제가 되지 않는다.

　취재를 하며 어머니와 여러 차례 소통을 했다. 어린 시절의 나와 비교한다면 지금의 내 수어 실력은 월등히 좋아졌을 것이다. 하지만 아직도 모르는 단어나 표현이 많고 자주 틀린다. 그런 나라도 어머니의 과거를 물어볼 수 있었다. 손뿐만 아니라 온몸을 사용해 내 물음에 답해주는 어머니 앞에서 그 뜻을 이해하려고 노력했다. 아무리 해도 알 수 없을 때는 애매한 상태로 놔두지 않았다. 이해가 될 때까지 몇 번이고 물어보고, 대답하는 어머니를 가만히 지켜보았다. 결과적으로 이제껏 알 기회가 없었던 어머니의 과거를 많이 알게 되었다. 그중에는 알고 싶지 않았던 것도 있었지만, 그럼에도 어머니에게 물어보기를 잘했다는 생각이 든다.
　취재를 끝내고 원고가 완성된 2022년 12월, 나는 마지막으로 확인하기 위해 다시 한번 어머니와 아버지를 찾아갔다. 컴퓨터를 켜자 방대한 양의 원고가 나왔다. 원고를 들여다보고 있으니 어머니가 말했다.
　〈네가 이렇게 많이 쓴 거야?〉
　〈응. 이게 엄마의 역사야.〉
　나는 글을 읽어나가면서 어머니에게 설명했다. 이 문장은 어떤 의미인지, 이 에피소드는 왜 넣었는지, 그래서 결국 어떤 메시지를 전하는지. 어머니도 내 설명에 고개를 끄덕이며 한 문장 한 문장 읽는 것처럼 보였다.

사치코와 유미 대목이 나오자 어머니는 그리운 마음에
눈을 가늘게 뜨고 웃었다. 농학교 시절의 일화를 읽으면서는
즐거웠던 날들을 떠올리는 듯했고, 오누마 선생님의 이야기를
읽는 동안은 아주 진지해졌다. 우생보호법에 관한 부분까지
읽고 나서 마침내 어머니의 출산 이야기까지 왔다. 마치
피해자들을 추모하는 듯한 표정을 짓는 어머니에게 나는
말했다.

〈힘든 시절이었을 텐데 나를 낳아주어서 고마워.〉

그러자 어머니는 〈아니야〉라면서 고개를 흔들었다.

〈어른이 된 너와 이렇게 몇 시간이나 이야기를 나눌
수 있어서, 네가 나에 대해 알고 싶어 해서 정말로 기쁘고
즐거웠어.〉

나는 어머니와 얼굴을 마주 보고 조용히 웃었다.

언어의 장벽을 넘어 어머니와 내가 서로를 더 깊이 이해하게
된 순간이었다. 간신히 끝냈다는 피로감과 그 이상의 충족감.
어머니의 과거에 가까워질수록 내 마음은 따뜻하게 채워졌다.

마지막으로 생각지 못한 깨달음도 있었다. 이 취재는
어디까지나 '어머니를 알기 위해서' 한 것이었다. 물론 그
목적은 달성했다고 생각한다. 이에 더해 나는 이 과정을
겪으면서 다른 소중한 것을 하나 더 알게 되었다. 앞으로 내가
어떻게 살아가야 할지를 말이다. 어머니의 과거, 그리고 나의

뿌리를 알게 되면서 나 자신의 미래를 어떻게 꾸려갈지 그
실마리를 얻었다.

어머니의 과거에는 행복한 순간이 많았다. 그러나
다른 한편으로 가족들이 수어를 사용하지 않았기 때문에
외로웠고, 장애인의 결혼이나 출산을 불안한 시선으로
보는 편견, 우생보호법에 의한 강제 불임 수술이라는 인권
침해가 만연했던 시대적 배경 등 차별의 요소들이 곳곳에
숨어 있었다. 이러한 것들은 지금도 형태를 바꿔 사회 안에
뿌리내리고 있다.

이런 문제들에 부딪칠 때마다 나는 분노하고 속상해하면서
입술을 깨물 것이다. 차별도 편견도 완전히 없어지지는 않을
것이다. 사회 전체가 특정한 속성을 가진 사람을 배제하거나
그들의 권리를 가볍게 여기는 방향으로 움직일지도 모른다.
하지만 지금까지 그랬던 것처럼 '어쩔 수 없다'고 포기하지는
않으리라.

사회에 만연한 차별과 편견에 고통받는 사람을 발견하면
최대한 목소리를 높이겠다. 부당한 것들을 뛰어넘겠다. 내가
할 수 있는 일의 한계쯤은 이미 잘 알고 있다. 그러니까 더더욱
나는 이렇게 글을 쓰고, 뜻을 같이하는 친구를 늘려가며
차별과 편견을 넘어설 것이다. 이렇게 생각한다.

그것이 '내가 목표로 하는 미래'이며, '어머니의 과거'로부터
받은 소중한 것이다. 물론 불안함도 있다. 두려운 것도
사실이다. 불안과 공포에 잡아먹혀 앞으로 나아가야 할 길을

잃어버릴 수도 있다. 그럴 때면 나는 분명 몇 번이고 이 책을
펼쳐볼 것이다.

후기

이 책은 가시와쇼보의 공식 note '가시와모치'에 2021년
7월부터 부정기적으로 연재하던 '들리지 않는 어머니에게
물어보러 가다'를 기초로 쓴 것입니다.

　1년 반 동안 몇 번이고 어머니를 찾아가 소통을
거듭했습니다. 어머니와 이렇게 농밀한 시간을 보낸 것이 얼마
만인지 생각나지 않을 정도입니다. 처음에는 어딘가 겸연쩍게
느껴지기도 했지만 진지하게 이야기해주는 어머니를
보고 있으면 어머니의 역사가 영상처럼 눈앞에 펼쳐지는
듯했습니다.

　하지만 아무래도 쓸 수 없었던 일들도 있습니다. 그런
일들은 어머니의 의사를 존중하여 쓰지 않았습니다. 쓰지는
않았지만 절대 잊지 않을 것입니다. 그것이 제가 할 수 있는
일이겠지요. 또 생전에 할머니에게 들은 이야기와 어머니가
해준 이야기가 다른 경우도 있었습니다. 단순히 기억이 다른
것인지, 받아들이는 방식이 달랐던 것인지 증언을 들이대며
철저하게 검증해볼 수도 있었겠지요. 하지만 저는 각각의
이야기를 존중하기로 했습니다. 시점이 다르면 보이는 풍경도
달라집니다. 할머니와 어머니 사이에는 분명 달리 보이는
것들이 있었겠지요. 그것이 당연하기도 하고요. 그걸로
됐다고 납득했습니다. 제가 알고 싶었던 것은 '어머니의
진실'이었으니까요.

집필을 하면서 몹시 많은 사람들에게 도움을 받았습니다.
수어의 역사를 알려준 모리 소야 씨, 두 이모 사치코와 유미,
어머니가 다니던 미야기현립청각지원학교의 여러 선생님들,
은사 오누마 선생님. 각각의 입장에서 우생보호법과 싸우던
도시미쓰 게이코 씨와 후지키 가즈코 씨, 우생 수술 피해자와
함께하는 미야기 모임의 여러 분들, 그리고 아키 씨. 바쁜
와중에도 이야기를 들려주셔서 고마웠습니다.

그리고 물론 어머니와 아버지에게도. 갑자기 〈옛날이야기를
들려줘〉라며 불쑥 찾아온 아들을 따뜻하게 맞아주고 내
질문에 싫은 내색 없이 대답해주어 정말로 감사합니다. 최종
교정 단계에서 어머니에게 〈이 이야기가 한 권의 책이 되는
거야〉라고 했더니 어머니는 〈뭔가 부끄럽네〉라며 웃었습니다.
아무래도 아직 실감이 나지 않는 모양입니다. 견본 책을
받아들고 어머니는 어떤 얼굴을 할까요? 이제 어머니에게
보여주러 출발하려 합니다. 정말 기대가 큽니다.

이 책을 만들어주신 여러 분들에게도 감사의 마음을
전합니다. 연재할 때 배너 디자인을 해주신 나카키타 류스케
씨가 책 디자인도 담당해주셨습니다. 섬세함이 느껴지는
손글씨로 쓴 제목은 이보다 더 좋을 수 없을 정도로 마음에
듭니다. 그림을 그려준 분은 이전부터 팬이었던 반나이 다쿠
씨입니다. 엷게 구름이 낀 하늘이 앞으로 맑아질지 아니면
비가 올지 독자들로 하여금 상상하게 하는 이 그림은 제
보물입니다.

편집을 담당한 아마노 씨. 그때 아마노 씨가 제안해준 덕분에 이 책을 기획할 수 있었습니다. 제안해주지 않았다면 어머니의 과거를 알고 싶은 마음조차 없지 않았을까요. 알게 되어 얼마나 다행인지요. 고맙습니다.

마지막으로, 이 책을 읽어준 독자 여러분의 가슴속에 지금 어떤 마음이 싹트고 있을까요. 다른 사람의 가족사에 당황한 분도 계실 것입니다. 하지만 이 책을 통해 '장애가 있는 한 여성이 살아간다는 것', 그리고 장애아를 키우는 부모, 장애아와 함께 커가는 형제자매 소다, 이들을 지원하는 교육자, 또 지금을 살아가는 농인들, 농인 부모를 가진 코다 등 다양한 입장에서 고민하고 갈등하고 걱정하며 살아가는 사람들에 관해 생각할 수 있었다면 그걸로 충분합니다. 시대는 변했습니다. 그렇다고 해서 더 살기 좋아졌다고 단언할 수는 없습니다. 그렇다면 어떻게 하면 좋을까요? 이 책을 읽어주신 분들과 함께 고민해나가고 싶습니다. 그런 미래를 바라고 있습니다.

2023년 1월 어느 좋은 날
이가라시 다이

참고문헌

1장

어린 시절

· 시오가마시 교육위원회,『시오가마의 역사』, 시오가마시교육위원회,
  1975년.

·『시오가마 —— 60년간 걸어온 길과 앞으로』, 시오가마시, 2001년.

· 오카모토 이나마루,『근대 맹농교육의 성립과 발전 —— 후루카와
  다시로의 생애에서』, 일본방송출판협회, 1997년.

· 곽정란,『일본 수화와 농교육 —— 일본어 능력주의를 넘어서』,
  생활서원, 2017년.

· 사이토 미치오,『수화를 살다 —— 소수 언어가 다수파 일본어와 만나는
  곳에서』, 미스즈쇼보, 2016년.

3장

모교로

·『레이와 3년 학교 요람』, 미야기현립청각지원학교, 2021년.

4장

어머니의 은사

· 기무라 하루미·이치다 야스히로,「농문화 선언——언어적 소수자로서
  농인」,『현대사상』, 1996년 4월 임시 증간호, 세이토샤.

5장

아버지(고지)와 결혼하다

· 요네모토 쇼헤이·마쓰바라 요코·누데시마 지로·이치노카와 야스카타,
『우생학과 인간 사회 ─── 생명과학의 세기는 어디로 향하는가』,
고단샤 현대신서, 2000년.

· 후지노 유타카,『강제 불임과 우생보호법 ─── '공익'에 빼앗긴 생명』,
이와나미 부클릿, 2020년.

· 우생 수술에 대하여 사죄를 요구하는 모임 엮음,『[증보신장판]
우생보호법이 저지른 죄 ─── 아이 가질 권리를 빼앗긴 사람들의
증언』, 겐다이쇼칸, 2018년.

· 마이니치신문 취재반,『강제 불임』, 마이니치신문출판, 2019년.

· 아라이 유키,『장애인 차별을 다시 묻다』, 지쿠마신서, 2020년.

· 「우생보호법이란」(SOSHIREN 여자인 내 몸에서부터, http://
www.soshiren.org/yuseihogo_toha.html).

· 일본변호사연합회,「구 우생보호법 아래에서 실시된 우생 수술
등에 관한 전면적인 피해 회복 조치를 요구하는 결의」, 2022년 9월
30일(PDF).

· 도시미쓰 게이코,「우생 사상과 현대 (2) ─── 강제 불임 수술로부터
생각한다」,『서포트』764호, 2020년.

· 전일본농아연맹,「조사보고」(최신 자료는 2020년 8월 31일 시점, http://
www.jfd.or.jp/kfchosa).

인터뷰 시기와 횟수

어머니

① 2021년 6월
② 2021년 7월
③ 2021년 10월
④ 2021년 12월
⑤ 2022년 3월
⑥ 2022년 10월
⑦ 2022년 12월

아버지

① 2022년 10월
② 2022년 12월

사치코

2021년 10월

유미

2021년 10월

미야기현립청각지원학교

2021년 12월

오누마 나오키 선생님

2022년 1월

후지키 가즈코 씨

2022년 2월

아키 씨

2022년 3월

우생 수술 피해자와 함께하는 미야기 모임

2022년 3월

도시미쓰 게이코 씨

2022년 6월

모리 소야 씨

2022년 8월

옮긴이의 말

'어쩌면 같은 시공간에 존재하지만 다른 세계일지도
모르겠다.'

　이가라시 다이의 책 세 권을 연달아 읽고 머릿속에 떠오른
생각이었다.

　'일본수화Japanese Sign Language(JSL)'란 옛날부터 일본
땅에 사는 농인들이 사용해온, 농인 공동체에서 대대로
전해 내려온 수어를 뜻한다. 기록의 어려움 때문에 언제부터
사용되었는지를 증명하기는 어렵지만 제법 오래전부터
사용되었으리라 여겨진다. '일본수화'는 음성 일본어와는
체계가 다르므로 2013년 일본에서 사용되는 언어의 한 종류로
인정되었다. '일본어 대응 수화'는 음성언어인 일본어의 문법
체계를 따르는 수어로 주로 '일본수화'의 단어와 지문자를
사용한다. 이미 음성 일본어의 언어 체계를 습득한 상태에서

후천적인 이유로 청력을 잃은 중도실청자나 난청자가 주로 사용하는 소통 수단이다. 일본어와 어순이 같고 입으로 발성하며 '일본수화'의 단어를 빌려 표현하기 때문에 '수지 일본어'라고도 한다. 청인이나 공립 농학교 교직원은 '일본어 대응 수화'를 사용하는 경우가 많아서 '일본수화'를 제1언어로 쓰는 농인들도 상황이나 상대방에 따라서 수어를 바꿔 쓰거나 섞어 쓰곤 한다. 이처럼 수어 내부에도 복잡성과 다양성이 존재한다. 게다가 수어는 손동작뿐만 아니라 몸짓이나 표정, 시선 등을 함께 사용하고, 전달하고자 하는 내용을 단순하고 분명하게 표현한다. 은근하게 돌려서 말하기를 좋아하는 음성 일본어와 달리 직설적이며 감정 표현도 적극적이다.

수어의 이러한 특성을 염두에 두지 않는다면, 이 책에 인용된 수어 대화 부분이 담백하다 못해 단순하다 여겨질 수 있다. 옮긴이의 입장에서는 그러한 특성을 품은 채 일본어로 옮겨진 수어를 다시 한국어로 옮기면서 혹시 농인, 나아가 장애인의 이미지가 '어른답지 못함'이나 '유치함'으로 비치지 않을까 걱정이 되었다. 정말 그대로 옮겨도 될까. 이는 번역하는 동안 나를 가장 괴롭힌 문제였다. 어쩌면 지은이도 그러한 고민 때문에 주변 상황을 꼼꼼하게 기록하고, 얼마간 거리를 두고 서술하는 등 객관적인 자세를 견지하지 않았나 싶다.

지은이의 의도를 존중해 수어든 음성 일본어든 인용문에서는 가급적 원문의 느낌을 그대로 살리려 노력했다.

지은이가 전달하고자 하는 것이 단지 이야기의 줄거리만은
아닐 것이기 때문이다. 다른 책을 번역할 때는 일본어 특유의
'반말'이나 우리 문화와는 다른 호칭 등을 한국 독자에게
익숙한 쪽으로 바꿔 번역하는 경우가 많았는데, 이번에는 앞서
말한 여러 가지 맥락을 고려해 최대한 일본어의 느낌을 살려서
번역했다. 그런데 해놓고 보니 이 표현들이 불러올지 모를
오해에 대한 우려가 생겼다. 일본 영화나 드라마 등을 통해
한국인에게도 이미 익숙한 표현들이겠지만, 노파심에서 몇
가지만 언급하려 한다.

　우선 존대에 관하여. 한국 문화에서 존댓말이 쓰일 관계라면
일본어 원문이 반말이더라도 존댓말로 번역해 자연스러운
흐름을 만들 때가 많지만, 이 책에서는 반말은 그대로 반말로
번역했다. 우선 '일본수화'에는 경어 표현이 별로 없다. 아주
없는 것은 아니고 몇 가지 경의를 나타내는 표현이 있지만
자주 쓰이지는 않는다고 한다. 그래서 지은이가 반말로
표현하면 그대로 반말로 옮겼다. 할머니라는 말을 들어도
어색하지 않은 60대 후반의 어머니 사에코에게 30대 후반의
다이가 반말을 한다는 것이 어색하게 느껴질 수도 있지만,
이는 수어 대화에서는 당연한 부분이고 실은 수어를 떠나
일본에서는 자연스러운 문화이기도 하다. 지은이가 70대의
이모들(사치코와 유미)과 나누는 대화 역시 모두 반말로
이루어진다. 자신과의 거리에 따라 반말과 경어를 나누어 쓰는
일본 문화로 미루어 짐작해보면 지은이는 이모들과 대단히

가깝고 친한 사이일 것이다. 이렇게 가까운 관계에서 서로
반말을 하는 것은 일본에서는 매우 일상적인 풍경이다.

은사인 오누마 선생님과 사에코가 농학교 시절에 나눈
대화 속 반말도 마찬가지다. 수어를 사용해서 소통하는
사이(사에코와 은사)에 '존대'는 거의 의미가 없었을 것이고,
이 이야기를 수어로 전달하는 사이(사에코와 지은이)에서도
마찬가지였을 것이다. 실제로 일본에서는 유치원생부터
초중고 학생, 심지어 대학생까지 선생님에게 반말을 하는
경우가 정말로 많다! 그만큼 가깝고 친밀하다는 뜻이다.
그렇다고 경어를 쓰는 아이가 선생님을 저어하는가 하면
그런 것도 아니다. 경어를 사용하는 습관은 단지 그 학생이
스스로 품위를 높일 줄 아는 사람이라는 것을 보여줄 뿐이다.
본문에서 사에코가 가정 방문을 온 오누마 선생님의 말에
반말로 화를 내는 장면이 나오는데, 이 역시 일본의 사제
관계와 수어의 특성을 생각할 때 그리 특이한 상황은 아니다.
두 사람 사이가 정말로 막역했구나, 부러움을 느끼게 하는
것은 사실이지만 말이다.

호칭도 마찬가지다. 이름 뒤에 '짱'이나 '군'을 붙여 부르면
한국 독자에게는 어린이를 부르는 말인가 싶을 수도 있다.
그러나 일본에서는 가족끼리 그렇게 거리감 없이 다정한
호칭으로 서로를 부른다. 지은이의 조부모나 이모들이 아버지
고지를 '고지 군'이라고 부른 것도 아들 혹은 동생처럼 막역한
존재였기 때문이다. 혹시라도 비장애인 가족들이 장애인을

보호해야 할 사람처럼, 혹은 어린아이처럼 대하며 그렇게 부른 것은 아닌지 우려한 독자가 있을지도 모르겠는데, 그런 느낌이 있었다면 여러 상황에서 엿보이는 가족들의 태도 때문이지 호칭 때문은 아니라는 점을 분명히 해두고 싶다.

번역을 하는 동안 겪은 또 다른 어려움은 감정적인 부분이었다. 어머니와 아이의 관계, 어린 시절에 겪은 외로움이나 소외감은 제법 보편적인 경험이다 보니 '내 안의 어린이'가 지은이의 어린 시절과 공명하는 바람에, 또 자신의 어린 시절에 비추어 어머니의 어린 시절을 이해하려 애쓰는 지은이에게 깊이 감정 이입을 하는 바람에 종종 작업이 곤란해지기도 했다.

지은이는 자라는 내내 외톨이였다. 들리지 않는 어머니와 아버지가 손으로 대화하는 모습을 물끄러미 바라보던 아이. 농인 부모가 사는 세상으로 들어갈 수 있는 초대권을 받지 못한 아이. 집에서도 학교에서도 혼자였고, 누구에게도 자기 이야기를 하지 않았다. 여기까지만 보면 장애인 부부가 무책임하게 낳은 아이의 정해진 미래, 불행한 결과처럼 보일지도 모르겠다. 그런데, 여기서 끝이 아니다. 이야기는 다시 시작된다. 지은이는 마흔을 앞둔 나이에 일흔을 앞둔 어머니를 수어로 인터뷰했다. 비로소 열린 두 사람의 마음에 수어의 직접적이고 구체적인 특성이 더해져 색다른 분위기가 만들어졌다.

어머니 사에코와 지은이의 대화는 어린 시절의 외로움과
수어를 배우면서 그 감정에서 점차 해방된 공통의 경험을
바탕으로 하고 있다. 그래서인지 두 어른의 대화가 마치
재잘거리는 어린이들의 대화처럼 싱그럽게 표현되어 있다.
어머니는 중학교를 농학교로 진학하면서 비로소 수어를
배우고 세상과 소통을 시작했다. 지은이는 간단한 수어 몇
가지는 알았지만 조부모를 비롯해 청인 가족 누구도 수어를
배우지 않았기에 농인 부모를 멀리한 채 성장기를 보냈다.
성인이 되어 도쿄로 도망치듯 떠났다가 다시 수어를 배운
뒤에야 어머니와 본격적으로 소통하게 되었다. 그 시간들을
통과한 뒤에 이루어진 이 수어 인터뷰는 두 사람에게 얼마나
소중했을지. 각자의 마음 한구석에서 울고 있던 어린아이들이
드디어 만났구나 흐뭇해하며 둘의 대화를 옮겼다. 혹시라도
두 사람의 대화가 슬프기만 하거나, 유치하거나 단순하게
느껴졌다면 이는 나의 불찰일 것이다. 나 역시 어린 시절에
해결하지 못한 갈등이 마음 한구석에 있는데, 그로 인해
내용이 왜곡되지 않도록 작업과 일정한 거리를 유지하고
내용을 가감하지 않으려 특별히 더 애를 썼으나 그 결과가
완벽하지 않았을지도 모르겠다.

　　수어를 배운 뒤 어머니와 제대로 소통하게 되었기 때문인지,
다이는 인터뷰를 통해 각자의 사정을 이해하게 된 뒤에도
죽을 때까지 수어를 배우지 않은 할아버지와 할머니를

원망한다. 수어를 배울 필요성을 느끼지 못한 이모들에게
서운한 마음을 품기도 한다. 내 어머니를 사랑하지 않은 것이
아닐까? 그런 어머니가 낳은 나를 불행을 가져오는 존재라
여기지는 않았을까? 그러나 그는 어머니의 인생과 농사회가
겪은 일들을 취재하면서 자신의 어린 시절에 드리웠던 그늘은
부모의 장애 때문이 아니라, 그들의 운명을 멋대로 재단하려
했던 '들리는 세상' 사람들과 국가 권력 때문이었음을 알게
되었다.

다이는 계속해서 묻는다. 어머니는 들리는 아이와 들리지
않는 아이 중에서 어느 쪽을 원했는지. 어머니의 대답과
관계없이 다이는 이미 그 답을 알고 있었을 것이다. 그리고
이제 그는 우생보호법에 의한 강제 불임 수술이 횡행하던
시대에 기어코 태어나 살아남은 생존자로서 자신이 해야 할
일이 무엇인지도 알고 있다. 그저 불행할 뿐이니 이 세상에
태어나서는 안 된다고 여겨지던 생명이, 들리는 세계와 들리지
않는 세계 어느 쪽에도 속하지 못했던 아이가 이제 두 세계를
연결하고 있다. 우리도 그 현장에 함께하자고 손을 내밀고
있다. 이 책의 독자라면 이미 함께하고 있을 것임을 믿는다.

들리지 않는 어머니와
들을 수 있는 내가 함께 쓰는 역사

이길보라(영화감독·작가, 코다코리아 대표)

난생 처음 만나는 사람과의 거리를 마법처럼 좁히는 말이
있다.

"안녕하세요, 사실 저도 코다예요."

코다(CODA), Children of Deaf Adults의 줄임말로 농인의
자녀를 일컫는 말이다. 청각장애를 가지고 있는 부모에게서
태어났다는 동일한 경험은 장벽을 무너뜨린다. 그가 어느
나라의 어떤 문화권에서 자랐건, 젠더·계급·인종·민족적
정체성이 무엇이건 크게 중요하지 않다. 비장애인 중심 사회와
음성언어 중심 사회에서 소외받고 차별받는 경험을 가진
부모와 함께 살아온 경험을 지닌 코다는 코다를 알아본다.

이가라시 다이를 처음 만났을 때를 기억한다. 고요의 세계와
소리의 세계, 농인과 청인 사이를 오가며 자란 코다로서의
경험을 담은 나의 책 『반짝이는 박수 소리』가 일본에 번역
출간된 후였다. 그 역시 자전적 에세이 『농인 부모에게서

태어난 내가 들리는 세상과 들리지 않는 세상을 오가며 생각한
30가지』를 펴낸 직후였다. 코다 정체성을 지닌 작가이자
영화감독으로서 한국을 기반으로 활동해온 나와 일본의 코다
작가로서 활동해온 그와의 만남은 어떤 것도 설명할 필요가
없는 순간이었다. 그가 연재하고 있던 인터넷 신문에 실릴
인터뷰 기사의 취재 요청으로 만난 우리는 다소 어색하게
명함을 주고받았다. 초면이었지만 망설이지 않고 눈을
쳐다보며 이야기하는 걸 보고 서로가 코다라는 걸 인지했다.
그는 내가 농인 부모를 설명하고 코다의 경험을 말할 때마다
고개를 끄덕이며 눈물을 글썽였다. 나도 마찬가지였다.

　궁금했다. 한국과 비슷하면서도 다른 역사·사회·문화적
배경을 가지고 있는 일본 코다의 경험은 무엇일지, 그건 나의
경험과 어떻게 비슷하고 다른지, 코다 정체성을 가진 작가는
어떤 글을 어떻게 쓸 수 있는지 말이다.

자신의 역사를 마주 보고
기록하는 행위

영화 〈반짝이는 박수 소리〉를 기획하고 제작할 때였다. 당시
한국 사회에는 '농인', '수어', '코다'라는 용어가 생경했다.
코다에 관한 책도 영화도 전무했고, 나 자신도 코다라는 말을
알게 된 지 얼마 되지 않았다. 그게 정확하게 무엇을 뜻하는지,

코다는 누구이며 어떤 경험을 하며 자라는지, 규모는 얼마나 되는지 알 수 없었다. 고민 끝에 카메라를 들었다. 나의 정체성을 찾아가는 여정을 영화로 담고 싶었다. 나는 삼각대에 카메라를 올려두고 손을 움직여 말했다.

"엄마, 아빠의 이야기를 듣고 싶어."

내가 익히 알고 있는 이야기를 들을 거라 생각했다. 그러나 한 번도 들어보지 못했던 말들이 쏟아졌다. 1960년대에 청인 부모에게서 태어나 어떻게 청력을 잃게 되었는지, 아니, 정확하게 말하면 어떻게 청력을 잃게 되었다고 전해 들었는지, 당신이 지금 사용하는 언어를 언제 처음 접하게 되었는지, 생각할 수 있고 표현할 수 있는 언어를 갖게 된다는 건 어떤 의미인지, 수어를 기반으로 한 농문화 속에서 살아간다는 건 어떤 건지, 둘은 어떻게 사랑에 빠졌는지, 아이를 낳는다면 자신과 같이 들리지 않는 아이를 낳고 싶었는지 혹은 소리를 들을 수 있는 아이를 낳고 싶었는지, 그렇게 낳은 아이가 소리를 들을 수 있다는 걸 알게 되었을 때 어떤 기분이었는지…….

집으로 돌아와 찍은 영상을 돌려보고 또 돌려봤다. 더욱더 궁금했고 알고 싶었다. 이야기를 들으면 들을수록 선명해졌다. 이건 나의 역사였다. 무수히 읽고 보아온 교과서, 문자언어와 음성언어를 기반으로 한 역사 기록, 비장애인과 청인 중심으로 만들어진 콘텐츠에서는 한 번도 접해보지 못한 말들. 그건 농인 부모의 역사이자 나의, 코다의 역사였다.

가슴이 떨렸다. 자막으로는 쉽게 옮길 수 없는 엄마, 아빠의
얼굴 표정, 근육의 미세한 떨림, 언제 들어도 아련한 데프
보이스*까지. 이걸 어떻게 내가 가진 언어로 번역하고 표현할
수 있을지 막막하고 설레었다. 창작의 기쁨이었다. 이는 한국
사회 최초로 코다로서의 경험을 담은 영화와 책이 되었다.
비로소 '코다'라는 정체성이 무엇인지 깨달을 수 있었다.
고요의 세계와 소리의 세계를 오가는 중재자이자 통역자,
다문화적인 존재로서 살아가는 연결 고리가 바로 코다였다.
코다 정체성을 경유하여 기존의 세상을 낯설고 새롭게
바라보는 시도가 바로 『들리지 않는 어머니에게 물어보러
가다』에 실려 있다.

공적 역사를 뒤집고
새로운 역사 쓰기

이가라시 다이는 1948년에 제정되어 1996년에 폐지된 일본의
구 우생보호법으로 인해 재생산 권리를 빼앗긴 피해자 중
일부가 자신의 부모와 같은 농인이라는 걸 알게 되었을 때
엄청난 공포에 휩싸인다. 제2차 세계대전 패망 이후 급속한
인구 증가를 막기 위해 선천성 유전병자의 출생을 억제할

---

* 데프 보이스deaf voice. 농인들의 발성. 농인이 내는 특유의
목소리로서 수어만큼 일상적인 표현 도구다. 음성언어 중심
사회에서는 이를 부정확한 발음으로 인식하여 무시하고
억제하지만 농사회에서는 자연스러운 의사소통의 일부이자
요소로서 받아들인다.

필요가 있다는 주장에 근거하여 약 8만 4000건에 달하는 강제 불임 및 임신중지 수술이 시행되었다.* 전국적으로 집계된 농인 피해자는 170명에 달한다.** 이 중 9개 법원에서 피해자 38명이 국가를 상대로 손해배상청구 소송을 제기했으며 이 중 16명이 농인이다.***

　귀가 들리지 않는다는 이유로 부모, 친척, 회사 사장, 시설 관계자 등의 손에 이끌려 충분한 설명이나 당사자의 동의 없이 인간으로서의 권리를 빼앗겼다는 이야기를 몇십 년이 지나서야 수어통역사를 경유하여 발화하는 순간을 마주했을 때, 어쩌면 나의 농인 부모에게도 벌어질 수 있었던 일이라고 상상했을 때의 그 기분. 그건 자신의 뿌리이자 존재를 철저히 부정당하는 순간이었을 테다. 우수하지 않은 유전자를 가졌기에 재생산의 권리를 부여해서는 안 되며 그로 인한 희로애락의 감정 역시 허락할 수 없다는 주장을 마주하는 건 코다에게는 엄청난 공포이자 위협이다. 일본에서 나고 자란 일본 시민권자인 작가에게는 더더욱 그랬을 것이다. '시민권'을 부여받지 못한 2등 시민으로서 우리도 사회에 쓸모가 있는 존재라는 걸 '착한 장애인'으로서 증명하며 살아야 했던 농인 부모와 소리를 들을 수 있는 자녀로서 부모를 통역하고 대변하고 돌보며 '착한 장애인의 착한

---

* 2018년 5월 24일 일본 후생노동성 제출 자료. 자궁·난소나 고환의 적출 등 우생보호법에서 정하고 있던 범위를 넘어 수술을 받은 피해자도 있기에 실제 피해자의 수는 더 많을 것으로 짐작된다.

** 2020년 8월 31일 전일본농아연맹이 실시한 전국 도도부현별 실태 조사 보고서.

*** 2023년 12월 6일 기준.

자녀'로서 살아온 모든 시간에 대한 부정이었으리라. 아니,
애초부터 태어날 필요조차 없었다는 일방적 통보를 받은
셈이나 마찬가지였을 테다.

이가라시 다이는 이에 굴하지 않고 '글쓰기'라는 도구를
가지고 새로운 역사 쓰기를 시도한다. 태어나면 안 될
존재였던 자신의 존재를 드러내고 부모의 역사를 듣기를
청한다. 일본 농사회와 농교육의 변천사를 경유하여 농인
부모의 역사이자 자신의 뿌리를 기록한다. 구 우생보호법에
의해 피해를 입은 이들의 이야기를 밝히고, 현재 진행 중인
국가배상청구 소송 상황을 기록한다. 공적 역사에서는
드러나지 않았던 농인 부모의 사적 역사를 새롭게 쓴다. 이는
비로소 우리의 온전한 역사가 된다.

더 많은 코다가 농인 부모와 자신의 역사를 쓰기를
고대한다. 한 편의 시여도 좋겠다. 한 권의 책이라면 읽는
즐거움이 있을 것이고, 영화라면 보는 재미가 있을 것이며,
난해하고 어려운 미술 작품이라면 흥미롭겠다. 자신의
정체성을 발견하고 명명하며, 과거를 재해석하고 현재를
낯설게 바라보며 미래를 새롭게 그려나가는 역사 쓰기를
기다린다. 논픽션과 픽션의 영역을 오가며 코다 정체성을 지닌
작가로서의 가능성을 실험하는 일본의 코다 작가 이가라시
다이와 한국에 처음으로 소개되는 그의 책, 그들의 새로운
역사를 반가운 마음으로 응원한다.

들리지 않는 어머니에게 물어보러 가다

2024년 4월 15일 1판 1쇄

지은이	**옮긴이**	
이가라시 다이	노수경	
편집	**디자인**	
이진, 이창연, 홍보람, 조연주	신종식	
제작	**마케팅**	**홍보**
박흥기	이병규, 이민정, 김수진, 강효원	조민희
인쇄	**제책**	
천일문화사	J&D바인텍	
펴낸이	**펴낸곳**	**등록**
강맑실	(주)사계절출판사	제406-2003-034호
주소		**전화**
(우)10881 경기도 파주시 회동길 252		031)955-8588, 8558
전송		
마케팅부 031)955-8595, 편집부 031)955-8596		
홈페이지	**전자우편**	
www.sakyejul.net	skj@sakyejul.com	
블로그	**페이스북**	**트위터**
blog.naver.com/skjmail	facebook.com/sakyejul	twitter.com/sakyejul

값은 뒤표지에 적혀 있습니다. 잘못 만든 책은 서점에서 바꾸어드립니다.
사계절출판사는 성장의 의미를 생각합니다.
사계절출판사는 독자 여러분의 의견에 늘 귀 기울이고 있습니다.
이 책은 저작권법에 따라 보호받는 저작물이므로 무단 전재와 무단 복제를 금합니다.

ISBN 979-11-6981-194-1 (03830)